U0895738

跨度长篇小说文库

Kuadu Novel Series

跨度长篇小说文库
Kuadu Novel Series

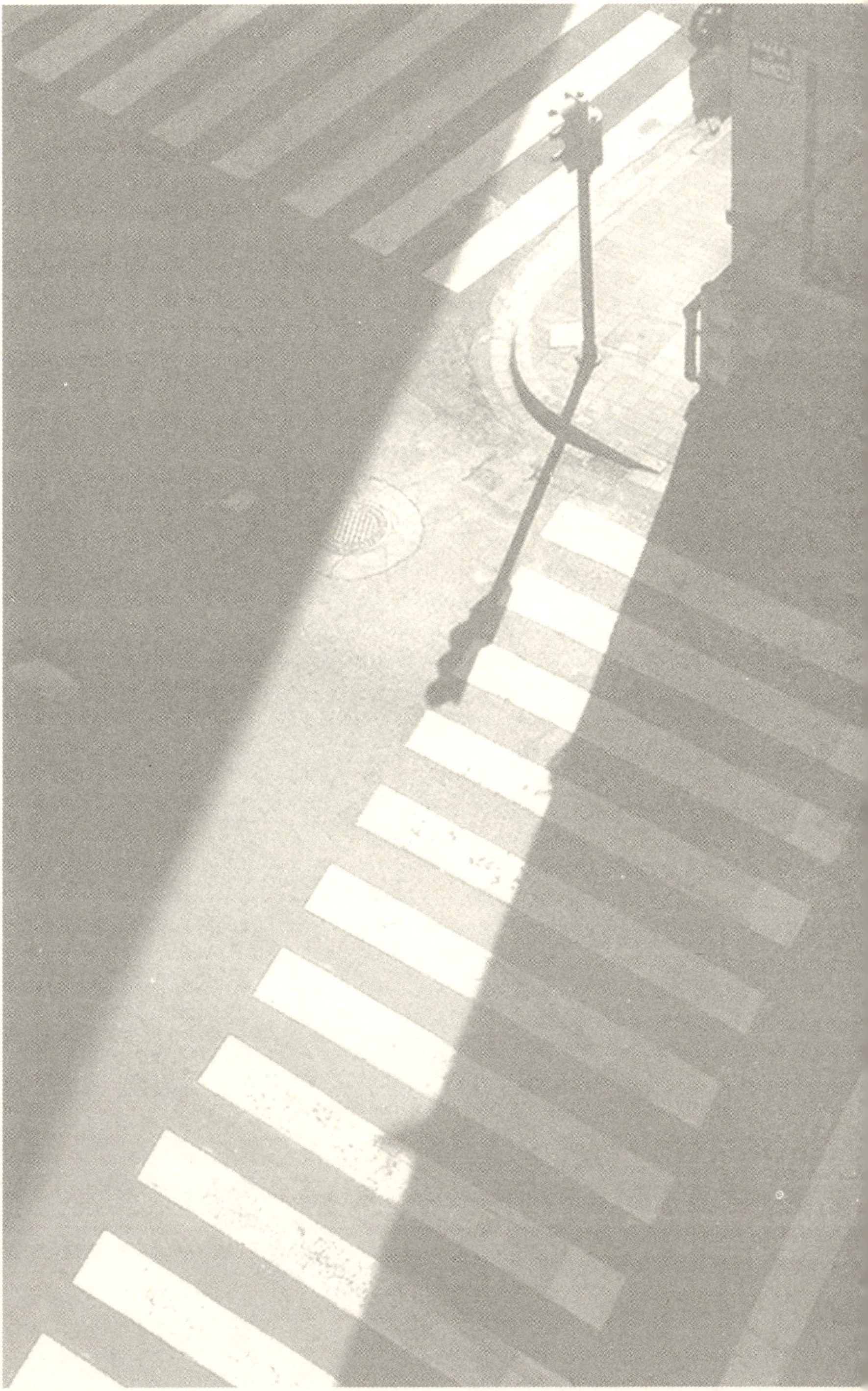

不该跟你走

长篇小说

流岚◎著

中国文史出版社

一

梁怡萌在地铁站站了足足有二十分钟，才算死活挤上了第三趟地铁。她刚上车，车门就关上了，她庆幸自己这次终于上来了，要不然的话，到孟老师家上课就晚了。

她站在车里几乎挤得转不了身，在她对面一个比她高出半头的男子正脸对脸地和她挤在了一起。她想往后撤身，可是后面已经完全没有任何空余，她想转过脸，头刚一偏，一股刺鼻的大蒜味扑面而来，她赶紧皱了皱眉，又把脸转了回来。车里的人都在抱怨着，如果这地铁再多加两节车，或者再多开两趟线就好了。可现在没有办法，每天高峰期都是这样，不像那些有钱人，开着自家车，不管怎么说，路上堵是堵了，可是坐在自己的车里总不会像在这车里，简直被挤成了照片。梁怡萌这时想起了她在哪一本书看到的，说车里的人太多，就像沙丁鱼罐头一般，现在她真羡慕水里的鱼，如果是鱼的话，怎么也不会这么挤吧。她想到这里，抬头望着对面的这个男的，没有想到那个男的正低头盯着她，梁怡萌赶紧低下头来，两个人挤得太紧了，她便赶紧把乐谱夹挡在了自己的胸前。她盼着这车赶快开，她一站一站地数着，因为到第八站的时候才到她要上课的老师家。这趟车好像要和她作对一样，每次都是下去的人少，上来的人多，车上是越来越挤。对面的这个男子也没有下车，倒是用手支着旁边的人，使梁怡萌胸前的位置稍稍有了点儿空间，她不由得有些感谢这个男子，不管怎么说，人家是为自己做了事情，便抬起头来对那个男人望了一眼，那眼光里肯定有着感激的成分。没有想到那男的还在盯着她看，一看梁怡萌望他，便小声地说了一句，你是学艺术的吧？就这一句问话，梁怡萌便感觉到两个人可能要发生点儿什么事情，并没有马上回答，因为她第一眼看到这个男人的时候，便觉得她怎么也不能从心里完全接受这个男人。

那个男人并没有理会梁怡萌对他的冷淡，依然盯着梁怡萌，声音很柔和，但是很有膛音，如果是别人可能听不出来，梁怡萌毕竟是学声乐的，她感觉那声音肯定是受过一定的训练，最起码在这方面是有些基础的，不由得心头一动，觉得方才对这个男的有些太失礼貌了，便又往上面望了一眼。

那个男人好像忘记了方才梁怡萌对他的冷淡，依然望着梁怡萌手中捧着的那本乐谱。

请问你到哪里？我看你好像是艺校的学生吧？那个男的声音还是那么柔、那么亮。车里的人乱糟糟的，每一个人都在想着自己该怎么能下车，有的人不顾车里如何拥挤，侧着身子往外挤着，因为不这样的话，即使地铁停下来，也没法下去。

我是，这不是嘛，每周一次，到视唱练耳老师家去补课。

梁怡萌像是对自己说，又像是在回答那个男人对她的问话，算是对方才的不礼貌给予了些许的回应。

我一看就是，不管怎么说我也是学过来的，这点儿眼力还是有的。那个男人很自信地说着，又把两只胳膊往起支了一下，使梁怡萌旁边的空间顿时又大了不少。不管怎么说，那种旁边的人和她紧挨着的感觉顿时轻了不少，那股热乎乎的难以名状的感觉顿时没有了，使她的心头好像是有了一股凉风吹进来。她觉得这个男人还真是挺善解人意的，在这种情况下，在这种时候，恐怕也只能见这一面，很多匆匆而过的人就是如此，人家给你提供了方便，你可能都来不及说声谢谢，这一辈子就再见不着了。想到这里，梁怡萌想给这个男人一个笑脸或者一个感激的眼神，于是抬起头来。

那个男人从衣袋来掏出一张名片，这是我的电话号码和单位，我也是学过这个的，现在搞的和这个也差不多。如果有机会的话，你可以随时联系我，我马上就要下车了。

那个男的把名片夹在了梁怡萌的乐谱夹上，转过身向车门口挤去。

不知道是精神溜号还是方才在地铁上挤得没了心情，本来视唱练耳课就上得不好的梁怡萌今天被孟老师又是一顿臭训。

你这是怎么了，心不在焉的？你看看你，这几个小节你是应该会的，怎么搞的？孟玲很气愤地盯着梁怡萌。

梁怡萌感到很委屈，心里在说，我一直很努力呀，再说了，我凭什么不努力呀？我离学校这么远，每次挤到你这里还要花上二百元钱的上课费，我不好好学对得起谁呀？我可比不了我们班的林小雨，人家老爹是大款，可我父母都是挣工资的，就那么点儿钱都是从牙缝里省下来的，我能不好好学吗？

我说你呢，你怎么还是不往心里去呀，你说说你都想啥呀？

孟玲盯着梁怡萌，她觉得面前的这个孩子虽然挺肯学的，但是在声乐上的天赋实在是比她跳舞的天分差远了，你说这么好的身材她干吗要学声乐呀？原来跳舞也是不错的，这不是活找罪受吗？

孟玲知道自己不能把这些话说出来，人家家长望女成凤地来找了她好几次，又把好吃好用的给她送来了好几次，那种心情她能理解。自己也是当母亲的，谁不想自己的孩子能学出个样儿来，可作为老师，她知道这条路上的艰难，这么窄窄的一条路，拥挤的何止是几百几千的人呀。可你梁怡萌撇开自己的优越条件不管了，偏要拿自己的短处和别人的长处相比，你说说你，不用说我呀，就是你们同班的柳芳和黄玉玉这些人，如果上视唱练耳课的话都能给你当老师，你可怎么办呀？

孟玲想到这里无奈地摇了摇头，行了，今天就上到这里，回去你好好复习复习，让你们班弹琴比较好的帮你练一练，等下次课你再来的时候，如果你再这样的话，我可要给你爸打电话了。

梁怡萌知道孟玲说出来的话肯定会做到，她感到有些害怕，便连连地给老师点着头，我一定，我一定，老师，等下一次课我一定……

回来的路上，地铁里的人少了，好像不是一个城市一条线路似的，这人也真是怪了，说要挤吧都在一个时间，现在可好，走进地铁车厢便有很多空座位。

梁怡萌坐在那里，心不在焉地把 MP3 拿出来听着。

一个男生过来和她搭讪，她没有理。

那个男生感觉没趣，瞪了她一眼，摇摇晃晃地到远处的一个空座位坐下，但是还是目不转睛地盯着她。

这种情况在梁怡萌每次上街的时候都能遇到，她知道自己的脸蛋好、身材好，走到哪里回头率都是相当高的，为了这一点，同班的很多女同学都对她有气，她知道这些气是从哪儿来的，那是嫉妒她。为了这个，她经常引以为豪，尤其是高原歌上完专业课之后，她便沾沾自喜地想，别看我唱得不如你们，可我长得比你们好，于是便阿 Q 了一回之后，高高兴兴地回宿舍去食堂……

当梁怡萌走进宿舍的时候，柳芳和黄玉玉两个人拿着饭盒已经回来了。

怡萌，快去呀，一会儿好吃的都没了。柳芳走过来拉了一把梁怡萌。

梁怡萌把自己往床上像口袋一样一摔，我现在啥心情都没有，上午把我累得要死，孟老师又把我一通死训，倒霉呀，苦呀。

你呀，每次上课之前我不跟你说了吗，你要好好练练，好好练练，你就是不听，怎么样？黄玉玉坐在梁怡萌床边，像姐姐一样地拍着梁怡萌的肩膀。

不管怎么说，你饭总得要吃呀，再说了，你这如果不吃饭，咱们下午还有一堂体育课呢，那老师如果让你跑的话，恐怕你……

柳芳一看梁怡萌的那种表情，便没有再说下去。

林小雨急匆匆地从外面跑进来，我说呢，快去吧，人家给你买了包子在楼下等着你呢。

梁怡萌知道林小雨指的是谁，便很不耐烦地坐起身来，包子，我气都气饱了，还包子呢。

林小雨指着梁怡萌，你别不知好歹，人家那不是关心你吗？

不管怎么说你还是下去一趟吧，他让我上来叫你的。

梁怡萌懒洋洋地走过去披上一件衣服走出门去……

校园里的丁香花好像是在一夜之间凋谢了，树干也有些光秃秃的，只有一些不肯落下的花儿还坚守在枝丫上，只是在风中显得萧条而冷清。

梁怡萌走出宿舍楼的时候，一眼就看见了张杨端着饭盒在那里等着她，方才虽然是那么闹心、那么不快，但是看见一个男同学就这么死心塌地拿着东西在门口站立着，梁怡萌还是心头一热。她整理了一下心情，尽量装出了一个笑脸走过去。

我就知道你没吃饭呢，我都听小雨说了，好像你今天的课……张杨望着梁怡萌的表情，没有敢把后面的话说出来，便把包子递了过来，今天的包子不错，你快拿回去趁热吃吧。

我真的不饿，我不是跟你说了吗，你说你，以后你少管我的事，再说了，放在包子里的肉肯定没什么好肉。梁怡萌不知道怎么说才能让张杨明白，可她能理解张杨这么做是为了啥。

张杨还是把手里端着的包子恭恭敬敬地举到了梁怡萌的面前。

梁怡萌不得已接过来，我告诉你，以后没有我的话，你不要买了，买了我也不要了，这是最后一次。

张杨站在那里，被梁怡萌说得有些张口结舌，你、你怎么了？早晨还好好的，怎么这一上午就变成了这样啊？遇到了什么不顺心的事，能跟我说说吗？

跟你说有什么用？你是校长呀，你还是老师呀，你也帮不上我的忙。

那好吧，我回去了，没什么了不起的，咱们不是在学吗？如果学成了谁上这里来遭这个罪呀？张杨一边往回走着，一边念叨着，那些话明显是说给梁怡萌听的。

梁怡萌拿着包子站在宿舍的门口，毫无目的地向四周望着。远处的操场上，正有一些男同学在那里打球，每一个人都生龙活虎的，旁边还站了好几个女同学当着自愿的啦啦队，毫无目的地乱喊着，也不管懂不懂。

每当这种时候，梁怡萌都觉得心里烦得不行。别看她从小是学舞蹈的，可这方面的事她总是躲得远远的，没事的时候她喜欢一个人静静地待着，什么也不想，一坐就能坐一两个小时。她这个特点被母亲董玉敏发现了之后，想把她改过来，可还是一点儿办法也没有，于是董玉敏曾经领她去看过大夫，大夫说这很正常，也就任她这样发展下去了。

天已经完全黑下来了，宿舍里只有她一个人。梁怡萌突然感觉肚子有些饿了，这时她才想起了张杨给她买的包子，走过去把灯打开，倒了一杯开水，拿起包子吃了起来。刚吃了一个，便觉得这个包子真不是什么味，便扔在了饭盒里。

梁怡萌呆呆地望着日光灯出神，不知道自己该去干什么。一个宿舍里的柳芳黄玉玉这些人每一天都把自己的日子安排得满满的，那柳芳更是把自己的作息时间表贴在了床的上边，睡觉的时候一抬头就能看见。她就觉得这个办法对自己根本是行不通的，如果不那么搞还好一点儿，如果把什么表贴到了自己眼前的话，她顿时会产生一种逆反的心理。

梁怡萌现在不得不琢磨了，自己的这条路是不是该走下去，她突然想起了白天孟玲老师给她说的话，说她身材好，如果跳舞的话也能成气候，那言外之意，学声乐恐怕成不了什么气候。也不知道当年自己是抽了哪一股邪疯，就看着什么李谷一、宋祖英在台上一展歌喉，也不管自己的嗓子和人家究竟能不能相比，便不听父母的劝告，说什么也不去学舞蹈了，磨着妈妈找了那么一个二半吊子的声乐老师学了起来。自己在家里相比还是不错的，亲友们听了她唱的歌也都说将来会有这方面的出息，可是这回进了北京之后，和人家一比才知道了差距，那差距不是一星半点儿。可现在已经是骑虎难下了，自己花了那么多工夫不说，家里花了多少钱呀，父亲在研究所工作请了那么长时间的假，说不定对将来晋升职称、涨工资都会受到影响，现在这些话能当谁说呀。不管怎么说也说不出口呀，不行，我不能就这么混下去，一定想办法学出个名堂来。可是你看看，别说是别的学校，就这一个班里的谁不想学出个样儿来呀，可你看看人家那些条件，如果比个头、比身材我谁都不怕，可是一唱歌，哪次都得挨高老师的一顿打，踢两脚那是轻的，要不就把你脖子掐得生疼。孟玲老师在这方面听说都是最好的，从来不轻易批评学生，可是我上课的时候，却十次有八次孟老师是不满意的，这可怎么办呀……

梁怡萌把灯关上，她想在黑暗中想想自己将来该如何走下去。

梁怡萌迷迷糊糊地睡着了，等她醒来的时候，屋子里依然是静悄悄的。她打开灯把乐谱夹拿过来，乱翻了一顿，突然一个纸片掉了出来，她弯腰捡起一看，是个名片。

梁怡萌这才想起来今天早晨在地铁的情况，面前这个干干净净的名片和地铁上的那个男人她怎么也联系不到一起，可那名片上的两行字却吸引住了梁怡萌：北方音像公司营销部经理林中云。

梁怡萌望着那两行字，就像看到了一线曙光一样，她不由得有些激动，这无意间接触到的一个人居然给她带来这么大的希望，她不得不感叹造物主的英明，这简直是太奇妙了，在茫茫人海当中，居然能让她梁怡萌遇上这样的一个人。梁怡萌这一刻感觉就像一个被洪水淹没的人，突然看见前面漂过来一条小船，那是什么，那是与她生命和希望相关联的，这一刻她开始把自己心情中的一天来的所有乌云全都扫荡干净，她拿着那张名片静静地望着。

手机突然响了，接起来一看号码是家里的，父亲的声音很有磁性，说过几天就要到北京来开会。真是太好了，最想吃家乡的板栗，这次父亲来肯定还会给她带来一大包。放下电话，自己无声地笑了，这一天心情真是从云端跌到低谷，这一刻又从低谷突然升到了云端。

梁然看着妻子为他收拾着东西，坐在那里喝起了茶水。

我去不了几天，不用带那么多，一个星期就回来了，连换洗的衣服都不用带了，如果要带的话，给咱们萌萌多带去点儿板栗就行了。梁然在那里嘱咐着。

董玉敏回过头来，望了丈夫一眼，这个我能不知道吗？我早就准备好了，你那么多力气干啥呀，再说了，这一路上又不换车又不倒车的，我肯定让你闲不着。董玉敏说着，从箱子的后面拎出一个很大的塑料袋放到了梁然面前。

梁然用手提了提，我的老天，你干啥呀，你让咱们萌萌在学校里卖板栗呀？

还说呢，你把萌萌自己扔在了学校，现在不管什么事都她一个人。你好容易去一趟，多带点儿，给老师送送，分给同学们吃吃，这样不是也能改善一下和人家的关系吗？

还是你想得周到呀，找机会我看你还是去吧，要不然的话，我看你把小学校的工作辞了算了，就陪咱们萌萌在北京，我给你们租一间房子，也别让她在学校住了。梁然一边想着一边说。

董玉敏收拾完东西把那个包的拉锁拉上，你说得倒轻巧，你挣多少钱呀，你女儿一年的学费生活费是多少，还不让我上班了，就你那两个工资钱，去掉咱们生活费，孩子还学不学了？

梁然被妻子说得有些张口结舌，也是，如果咱们是个做大买卖的就好了。那次我可看到了，萌萌她们一个班的叫林小雨那孩子，她爹是山东的房地产公司老板，提着密码箱，一箱子的钱呀，我在门口都偷偷看见了。那胡校长一看见那一箱子钱，当时眼睛都直了。这年头钱真好使啊，那林小雨我看不管从哪方面和咱们萌萌没法相比，可是学校还是收了她。

你还说呢，要不是我求我舅舅想办法，咱们萌萌连三本都没上去，最后不也去学了吗？这年月要么有钱，要么有关系，如果啥也没有啊，你就是有天赋，也是白扯。

说起来关系，我倒想起来了，这回给你表舅带点儿什么呀？萌萌上学的事咱们可欠了一大笔人情呀。梁然突然想了起来。

这个你就不用操心了，就咱们家里的这点儿东西，人家看不上眼，以后咱们萌萌真出息了，学出个样儿来，再去报答吧。对了，她舅姥爷非常喜欢咱们孩子，有时间的话让萌萌多去两趟就什么都有了。

林中云回到自己租的那间房子里，天已经黑了，他感觉有些饿了，中午的那一小盒饭早已经消化得无影无踪了，可他一摸口袋，里面只剩下了五元钱。这五元钱也只够明天出去坐车的了，没办法，他从床底下拉出那个纸壳箱子，拿出一包方便面。

他把方便面泡上之后，仰卧在床上想起心事来。

这间房子是林中云和另外一个也是漂在北京的人合租的，可那个人上个月已经搬出去了，因为人家已经有了更好的工作了。这个房间属于半地下室，又潮又冷，到了夏天又闷热，可是没办法，林中云现在只能住在这里。他来到北京已经整整五年了，他扳着指头一天一天地算、一天一天地想，离开家乡五年他只回去过一次，那是去年，他回去之后便马上想着还是回来好，因为家里还不如现在呢。望着父母那张苍老憔悴的脸，他有些内疚，父母靠着那几亩薄田攒着学费把他供到了专科毕业，他本指望到北京来闯一片天地，可是……

林中云不敢想下去，可是不想又无法控制自己。他留到北京之后，只好每次打电话或者写信欺骗家里，说自己在北京已经在一个大的音像公司上班了，还做了部门经理，现在正要攒钱买房呢，因为北京的房子太贵，需要多攒几年。可他心里非常知道这是天大的谎言，他的父母却信以为真，当着全村的人到处宣扬他们的儿子在北京如何如何，还让乡亲有机会到北京去找他。今年上半年真有那么一次，他同村的一个一起长大的小伙伴到北京来，把电话打给他了，他吓得赶紧说自己正在外地。现在的生活状况让他每天都觉得自己真是名副其实的北漂，居无定所，吃饭嘛，也是吃了上顿还得想下顿的辙，今天这个朋友介绍到一个剧组当一天群众演员，过一天又有一个熟人把他推荐到另外一个剧组当了一天场务，有的时候能挣到几百，有的时候也就是几十甚至更少。他每天都在拥挤的公共汽车或者地铁上，面对那么多匆匆来去的陌生的面孔，他有时甚至感到很羡慕别人，自己太孤单了，孤单倒不是因为没有熟人，而是自己的发自内心的那种自卑。这种感觉他好像是与生俱来的，倒是前些日子在街上看到了一张报纸，他决定用另外一种方式改变一下自己的活法，虽然这种方式有些冒险，但是他还是决定试一试……

天已经全黑了，等林中云从床上起来，再看那盒他泡的方便面时，里面的面条早已经泡得不成样子了，他端起来，稀里呼噜地喝了下去。

虽然那包方便面只是给他的辘辘饥肠垫了一个底，但是没有办法，他接着又躺下去，甚至没有洗脚。

他想起今天早晨在地铁上看到的那个女孩，从那个女孩的眼睛里他看到了一种单纯，他当时断定自己肯定猜对了，那个女孩虽然没有回答，也没有说得很明确，但是他断定那个女孩是学艺术的，凭着每天都去挤地铁，那个女孩肯定也不是什么官宦之家的子弟。那张名片他夹到了那个女孩的乐谱夹里，对他来说，当时也就是那么自然的流露，但是希望并不大，甚至可以说非常渺茫。对林中云来说，也算是像一个钓鱼的人，把一个鱼钩甩在了那里，至于说鱼儿能不能咬钩，那就是看鱼的了。

林中云需要这种幸运，这种幸运或者能给他多多少少带来一些改变，甚至他幻想着这种改变是巨大的，是惊天动地的。如果是那样，整个故事将是浪漫的，将是新奇的，他将来会成为那个故事中的男主角，有朝一日把它写成书，或者拍成电视剧，那将迷倒一大批少男少女。

林中云迷迷糊糊地睡着了，睡梦中他继续着方才的美梦，他突然觉得太可乐了，便哈哈大笑起来，他笑醒了，一看自己还是躺在黑洞洞的房间里。

这样的夜晚在林中云的感觉里实在是太漫长了，每天白天都是毫无目的地忙着，可他需要那种忙碌，在忙碌中他感到充实，每当回到这个半地下的住房里，他就感到空虚和孤独，这种空虚就像心里从来没有底一样，就像站在汪洋大海的一块浮冰上，随时都有被大海吞没的那种危险。他想摆脱，他知道如果摆脱这样境况也很简单，那就是回到家里，死心塌地地帮着父母种地挣钱，实在不行的话，也可以像村子里其他年轻人那样，成帮结队到城里去打工，成为成千上万民工大军中的一员。

不行，我绝不能那么干，那样的生活绝不属于我，我从艺术专科毕业之后，如果还和那些人为伍的话，那还不如让我死了，林中云在心里一遍一遍地念叨着……

二

接到梁怡萌电话的时候，已经快到半夜了，林中云迷迷糊糊地打开手机，他觉得这个电话号码很陌生，但是他还是接起来。

当林中云听清了来电话的就是早晨在地铁中遇到的那个女孩，他心头感觉到一阵狂喜，他的第一个感觉就是这小鱼儿咬钩了。

梁怡萌在电话里说得很恳切，说自己是个艺校的学生，在北京无亲无故的，想找一个熟人对学习有所帮助，看你的名片之后，觉得你……

林中云听得出梁怡萌的潜台词，他努力控制住狂喜的心情，马上装出很冷静的语调，说自己公司太忙，实在抽不出身。他这么说的目的是不想让对方察觉他在等待，必须装出这种欲擒故纵的姿态。

电话那头的梁怡萌果然信以为真，甚至那语调都像是央求似的。在这种情况下，林中云撤了一步，说实在不行那就明天晚上他下班之后，五点钟让梁怡萌在西直门地铁站门口等他。

梁怡萌自然是欢喜万分，在电话里一迭声地说着谢谢。

林中云放下电话，一看手表刚到十一点钟，他本想接着睡下去，可是他激动得有些睡不着了，再加上方才吃的那一包方便面，饥饿的感觉又来了，没有办法，他只能这么忍着。

我凭什么就过这种生活，街上那些当大官的挣大钱的，他们凭什么就活得那般滋润，不行，我要想方设法改变自己的命运，不管用什么手段，这个目标我必须要实现。

林中云在这一刻不知怎么的，又想起了自己的童年，从上学一直到中学毕业，他都是自己所在的那个村子里品学兼优的、时时受到家长和老师好评的孩子。中学毕业之后，他以全村第一名的成绩考入了镇里的中学，可是自从他上中学之后，命运便急转直下，走入了另外一种漫漫的黑暗之中。

由于受他所在村子里的小学老师教学水平的限制，林中云学习成绩到了中学之后排在了全班的最后，他感觉自己智商不差，可是不管怎么学还是落在了后面。那几年他真是苦极了，每天骑着那个除了铃铛之外全身都乱响的破自行车奔波在离家十几里的土路上，风雨无阻，天天到校。有时下大雨，他不仅不能骑车子，那辆破自行车还要骑着他回到家里。就这样读完中学的时候，他的学习成绩终于有了改观，从最后进步到中等，班主任对他的进步还算满意，但是明确告诉他，就凭你现在这个学习成绩，也只能考一个中专或者是专科。学校经常组织演出，他也便大着胆子上台唱了几次，音乐老师说他有这方面的潜质，还主动教了他几次，当他高中毕业的时候，他便萌生了考这方面学校的想法。他不敢报考那些大城市的艺术学校，就报了一个本地区的师范专科学校的艺术类，当他以最后一名的成绩被这所专科学校录取的时候，他所在的村子，再次为他沸腾了。当全村人把他送出村口的时候，他背过脸去哭了，这不是因为高兴和荣耀，因为他知道他所面临的将来是什么，一个成千上万人挤的那条窄路上，他将排在最后。但是他又想，不是有勤能补拙那句话吗，我要靠着自己的努力挤到前面去，挤到北京去，争取早日出人头地，也像那些影星歌星一样，把自己老迈的父母接到城里，让他们享享福。

于是在三年的专科学校的学习中，他总是废寝忘食，一千多天的努力没有白费，在他们那个班不管是文化课还是专业课他都排在了前面。专科毕业的时候，本来他已经可以到一个县去教学，但是他不甘心，他知道如果去教学的话，那此生便没有成明星成名人的机会了，只好当人梯、当蜡烛，一辈子默默无闻，但是有一条能保证，那便是不愁温饱。

林中云不甘心那样的生活，他要冒险，冒险的机会就在于制高点，那便是北京。“北漂”这个词他毕业之前就听说过，而且很多明星都是在那里漂出来的，他心甘情愿地加入到了北漂的队伍里，他幻想着有一天也能像某某明星那样，被某一位独具慧眼的导演相中，于是他抓住所有的机会接触这个圈子里的人。他满腔热忱地做着每一件事，他觉得机会总是能在他面前一个一个地来到，就这样一年两年三年过去了，他心头的那团火也渐渐地冷却下来，现在不能说全都熄灭了，但是他自己感觉自己的心都在发抖，身上都在发颤。

在这种时候，这个来电话的女孩能不能是重新点燃这心头之火的人呢？林中云又躺在那张吱吱呀呀的床上想着。

放下电话的梁怡萌顿时感觉到喜出望外，她庆幸今天早晨那趟拥挤的地铁，如果不是那么拥挤，她遇不见叫林中云的这个小伙子，如果遇不上的话，这一生当中可能最重要的机会便会和她擦肩而过，没有想到那让人烦的拥挤的地铁给了她改变命运的机会。这时的梁怡萌甚至想到了当时她想回转身闻到的那股让她无法接受的大蒜味，如果当时站在她身后的那个人，不是满嘴蒜气的话，她可能便把身体转了过去，如果那样的话摆在面前的机会就会错过……

这一刻的梁怡萌感觉从未有过的欢欣鼓舞，她走出宿舍，走到宿舍楼下，抬头望望星空，满天的星星都闪烁着。她静静地望了一会儿，她感觉那群星当中应该有自己的一个位置，以前可能这样想觉得自己的距离太远了，现在可以说是已经开头了，人们不是常说吗，好的开头就是成功的一半儿。方才从电话中林中云的语气可以听出，这个林中云肯定是很有背景和实力的，他工作的单位就是音像公司，音像公司是干什么的，那不就是往出包装和推荐明星的吗？平常柳芳和黄玉玉她们不也说起某某音像公司那就是中国音乐界的摇篮吗，很多明星都是从那个摇篮里摇出来的。

我真是太幸运了，梁怡萌在心里念叨着，突然有一个念头滑过她的脑海，不行，我要控制住自己的这种情绪，不能让别人知道，如果让别人知道了，这种机会可能就属于别人了，我便不能一个人独占这种机会了。现在的竞争如此的激烈和残酷，为了出人头地，为了能有好的出息，很多人简直就是不择手段，我绝不能把这种机会拱手相让。对，我要装得若无其事和平常一样。

当梁怡萌走进琴房的时候，那里已经静悄悄的了。

她本想再弹一会儿钢琴，可是这个时候她觉得太晚了，现在同学们肯定是在教室里看书呢。算了，梁怡萌在心里念叨了一下，还是回到宿舍去，如果今天晚上已经这么晚了我还到教室的话，那可能被别人发现我有些异常了。

想到这里，梁怡萌怀揣着这种难以抑制的兴奋回到了宿舍。

天已经凉了，早晨洗脸室的人渐渐地少了，梁怡萌端着一盆衣服走进来。

林小雨正在那里刷牙，转过头来望了梁怡萌一眼，哎呀，今天你这是怎么了，没有到周末呀。

梁怡萌没有理会林小雨的问话，打开水龙头哗啦哗啦地接起水来。梁怡萌也不知道自己这个习惯已经多长时间了，那就是她一高兴的时候便想洗衣服，偶尔专业课老师表扬她两句，她回来的第一件事就是端着衣服走进水房，有的时候甚至那衣服并没有脏，但是她也需要洗一洗，她也不知道这种潜意识来自什么时候。

林小雨可能也是知道她这种习惯，便笑盈盈地走过来，怎么，我的大小姐，你是不是又有什么高兴的事了？

梁怡萌摇摇头，你别瞎猜，你看这些衣服脏的，人家就想洗嘛。

算了吧你，你不高兴的时候，那衣服在床底下都堆臭了你也不洗，可你高兴的时候，刚刚洗过的衣服你还要洗，你别当我不知道。林小雨说得振振有词。

我愿意，你别瞎管了，管好你自己的事算了，梁怡萌冲着林小雨开始反攻了，你瞧瞧你那个床上吧，整天跟猪窝似的，乱得让人没法看。

林小雨乐了，什么猪窝狗窝的，我自己舒服方便就行。

你就这么混吧，将来看谁给你收拾，对了，将来你找的老公啊，一天得打你八遍。梁怡萌咬牙切齿地故意说着。

林小雨一蹦一跳地走出洗脸室，回过头来又扔出了一句，我愿意，一天打我十遍我只要爱他就行。

林小雨已经走远了，可最后那句话却像一块石头扔在了梁怡萌的心里，激起的波澜虽然不大，但是她第一个念头想起了张杨。张杨和自己从一个省来的，在复习的时候就一口一个老乡地套着近乎，张杨的父母她也见过，在家里开着一个不大不小的公司，经济条件也算可以。从那之后，张杨便以男朋友的身份给她买这买那的，可梁怡萌虽然没有认同过她同张杨的这样关系，但是现在两个人的这种状况全班人都知道，她不止一次地当着同学面解释过，他们就是普通的同学关系，可是她越描越黑，每解释一次大家都哄笑不止。

梁怡萌狠狠地搓着衣服，这一刻她就像有了一个想法一样，就想把她和张杨的这种关系洗掉一样。如果自己真是确定了和张杨的这种关系，那么别人我就不能接触了，当然了，不能接触的就是那种将来可以发展成那种关系的男性，走进艺术圈这种思想准备她是有的，在很大限度上，那些影星和歌星都是靠着能给她帮忙的，甚至改变命运的男人成功的。梁怡萌知道自己家里的条件是个什么样子，而要彻底改变自己现在的现状和确定将来命运的走向，她必须把这一宝押在将来的那个男人身上。她这一刻才清醒自己为什么迟迟没有答应和张杨确定男女朋友的关系，因为张杨无法实现她心里的这个目标，这年头靠点儿小钱根本是不行的，要么就像林小雨家的那种大钱，那钱大得让任何人都不能不心动，这样即使你学得很差，那就找很多专家来帮你，把一首歌可以在录音棚里录他三天十天，然后打磨出来，那也像模像样的，谁都不知道你真实唱的水平是什么样的。可是我家没有那么大的钱，张杨家有吗，肯定也不行。那再就是当大官的，一言九鼎可以改变某一个普通人的命运，在这大京城里，普通的官根本是不算数的。不是有那么句话吗，叫不到广东不知道自己的钱少，不到北京不知道自己的官小，听说县处级的在北京那是成千上万，这如果在下面的县城里，那县太爷还了得吗？想到这些，梁怡萌更坚定了自己要到西直门和林中云相见的决心。

她不停地揉搓着盆子里的衣服，其实那两件衣服早已经洗净了，她借着揉搓衣服的这个工夫，她不停地在想，见到了林中云该是一种什么样子。

张杨不知什么时候站在了门口，手里拿着一条裤子，离着她好几步的时候，便把那条裤子扔在了梁怡萌的盆子里。

梁怡萌皱了皱眉，你这是干啥的？吓了我一跳。

我听彭程说的，说你正在洗衣服，这不，我就拿来了，其实也不太脏。张杨说着，眼睛盯着梁怡萌。

我这就要洗完了，你看看你，梁怡萌脸色很难看地望着张杨，你自己没有手呀？

张杨被说愣了，你怎么了，你这不是很高兴吗？怎么，就因为我这一条裤子呀，那算了，我自己洗吧。

张杨说着，走过来要把那条裤子拿走。

梁怡萌觉得有些过分了，便赶紧解释着，人家也不是那个意思，算了，你既然拿来了我就给你洗洗吧。

张杨马上乐了，这还差不多，对了，洗完我请你，你想吃什么？听说咱们学校的小卖店又来了一批新的好吃的东西，好像巧克力果冻都有，你想吃哪样？

算了，我什么也不想吃，还是留着你那个钱自己去吃吧。梁怡萌说得很坚决。

张杨又是一愣，你今天这是怎么了？我真是有点儿弄不明白了，你是不是有什么心事啊？你跟我说说，看我能不能帮上你什么忙。

你别瞎想。梁怡萌一边洗着张杨扔过来的那条裤子，一边说，我就是随便说说，这两天我就是没有什么胃口，谢谢你的好意了。对了，今天下午我还要到孟老师家去补课，昨天不是没有上好吗，孟老师还想给我……

那我一会儿帮你练一练吧，你别今天到老师那里又……

梁怡萌想了想，那好吧，你先到琴房去，我一会儿就过去。

听了梁怡萌的话，张杨高兴地走了。

梁怡萌望了一眼张杨远去的背影，心里有些酸楚，她能理解张杨这一年来对自己的这种感情，不管什么时候发火，什么时候有怨言，张杨几乎成了她梁怡萌的出气筒。可是面对梁怡萌的发火出气，张杨永远是那种笑呵呵的样子。按说张杨也是很有性格的，他对别人可从来不是那个样子，为了这个事梁怡萌曾经问过张杨，张杨的解释只有一个字，那就是爱。

梁怡萌对张杨说的这个字不是一点儿感觉都没有，可是理智告诉她，自己不能轻易地回答这个字，因为回答了、承诺了，那这个字就彻底地成了一座山了，压在了自己的肩头甚至心上，有一天你想把这座山搬走的时候，那肯定是办不到的。

梁怡萌在很多方面都显得很天真，同宿舍的柳芳和黄玉玉等人经常因为她生活中的幼稚而取笑她，而在这一点上，她庆幸自已过早地成熟了，不像林小雨她们那些人，和班里的男生那么早就说起了什么男女朋友的事情。那种根本不可能的事情，你现在说了，对两个人都是一种牵扯，小的会影响现在的学习，大了将来怎么办，双方都是一种负担。

我还得下最后的决心，一定要和张杨说明白，可以做一生一世的朋友，但是不可能做一生一世的生活伴侣。

梁怡萌狠狠地搓着张杨的那条裤子，给自己打着气。

看你，这么高兴，是不是一会儿梁怡萌过来和你练琴呀？

当张杨前脚迈进琴房时，坐在那里的彭程便笑盈盈地问他。

张杨乐了，你就是我肚子里的蛔虫呀，什么事都瞒不了你，对，你既然知道了，你就赶紧滚蛋吧。

我正好也练完了，给你们让地方吧，小两口好好练呀。彭程背起书包拍了一下张杨的肩膀走出琴房。

张杨坐在那里兴奋地弹起来。

走廊上，柳芳和黄玉玉走过来，看着彭程背着书包走过来，便打趣地说着，你这是干啥呀？我们还想让你帮着练练声呢。

妹妹们，今天不行了，等人家练完了再说吧。

哈哈，我们逗你呢，我们知道。

柳芳指点着彭程。

彭程也乐了，你们知道还拿我寻开心，好，如果你们以后再求我，可别怪我……

好了，好了，别往心里去，开个玩笑嘛。黄玉玉打着圆场。

就是啊，还男子汉呢，那心眼这么小。柳芳伸出小手指比画着。

彭程指点着柳芳，对你呀，我就这样。

柳芳和黄玉玉站到琴房门口听着张杨弹琴。

两个人相视着点了点头。

要论钢琴的水平，张杨是这个班最好的，梁怡萌每次练声必找张杨伴奏。

梁怡萌在这方面肯定排在了第一号，但是张杨很热心，别人求他的时候也是有求必应，从来不找什么理由推辞，这一点让柳芳感到张杨在男同学当中还是不错的。

两个人正在听着，那边的梁怡萌走了过来。

黄玉玉小声地望着柳芳说，咱们走吧，别影响了人家。柳芳回头望了一下，无声地笑了，走，咱们到旁边的那个琴房去。

梁怡萌走进琴房，站到张杨的旁边。

张杨伸过手来，琴谱给我。

梁怡萌拿过包，从里面拿过乐谱夹递给张杨。

你今天先练哪一首？

你随便选吧。梁怡萌随便地说着。

地铁还是这么拥挤，林中云站在那里面无表情地望着满车厢拥挤的人头。

他想着昨天早晨的事情，也是这个时间，也是这种情况，他遇上了那个女孩，今天晚上两个人就要相见了，他现在就在想两个人相见时该是一种什么样的情形。

她肯定需要我，需要我给她帮忙找到一条出路，我怎么办呢，是继续骗她呢，还是……林中云不停地想着，那么纯真的女孩，把那么大的希望寄托到了我的身上，我……

林中云继续想着，那么纯真的女孩把希望寄托到我的身上，我能帮她实现吗？我现在能有这种能力吗？像我这样一个连自己的温饱都保证不了的人，还谈什么去改变别人命运呢？想到这里，林中云开始犹豫了……

当林中云走出地铁站的时候，他又重新坚定了原来的那个信心。这对我来说何尝不是一种机会呀，如果我通过这个女孩把自己的命运改变了，那只有天下最大的傻瓜才会放弃这种机会。

有人不是说北京的机会满地都是吗？就看你弯不弯腰，现在我别说是弯腰啊，让我匍匐在地都行，如今这种机会马上就要碰到我的鼻子上了，我这个时候能躲开吗？不能，坚决不能，林中云在心里大声地说着。

三

张杨一回到宿舍，彭程就看出他的脸色不好看。

你又怎么了，方才还是好好的，欢天喜地地去给人家伴奏，这是怎么了？

张杨不耐烦地把乐谱夹扔在床上，我正烦着呢，别理我。

彭程走过来拍了拍张杨的肩膀，老弟，想开点儿，这年头别太痴情了。

我也知道，可是我管不住自己，不管怎么的，我一见着她，这心里……她就是有一千一万个对不起我，可是她朝我一笑，那一切怨恨都从心里烟消云散了。你知道吗，我有时候也觉得自己没有出息，可是没办法呀。

彭程在地上转了一个圈儿，这就是爱，哥们儿，你可真是动了真情了。行呀，这年头我挺服你的，你小子还真是不错的，可是你的这份真情能得到真的回报吗？我告诉你吧，还是那句话，天涯何处无芳草，你没听咱们班那些女生给咱们这几个男同学编排的吗？你也学着有点儿自尊有点儿骨气。

算了吧，你没遇我这种情况，如果你遇上了，你比谁……张杨还想和彭程说下去，可他突然觉得没有了兴趣，便把自己的身体摔到了床上。

彭程还是不想离开这个房间，便好心好意地坐过来拍着张杨的大腿，哥们儿，还是那句话，你那梁妹妹是不是又让你心凉了？你瞧她这个姓吧，姓梁，那你还能热乎得了吗？说不定哪天你就该由凉变成冷了，再由冷变成冰？

去你的，我不许你这么说她！张杨把身体坐直了，有点儿急眼的意思。

你瞧瞧你，我好心好意地劝你，你怎么啥都不懂呀？彭程也站起身来。

我不是跟你说了吗，我现在真是掉进这网里有点儿不能自拔，我也说服了自己好长时间，可是……张杨把语气缓和下来对彭程解释着。

你没听那天咱们班的女同学把那几句都写到了黑板上，你如果忘了我再背给你听听，班里男生少又少，对象何必本班找，何况质量又不好。你听听，这都是啥话呀。

我就不信那是梁怡萌写的，都是那柳芳和黄玉玉她们整的，这能关梁怡萌的事吗？张杨到现在还没有忘了为梁怡萌辩解着。

好了，我也看出来了，你呀，现在真是落入情网不能自拔了，彭程说着，伸出手来摸了摸张杨的额头，病入膏肓了，无药可救了。

彭程说完，走出门去。

张杨本想继续和彭程说几句，便望着彭程的背影，一跺脚，骂了自己一句，我也真是不争气。

张杨躺在那里本想睡一会儿，可是他脑海里开始翻江倒海，怎么也睡不着。

现在这方面自己还是和彭程有着一段相当大的距离，人家彭程女朋友都处过三个了，可是每一次分手他都乐呵呵的，可我这第一个如果说分手的话，早该分开了，梁怡萌把话都说到那种程度了，可是我说什么也不行。

彭程又从外面走进来，哥们儿，走，出去打球吧。

我没那个心思。

你呀，你就这么下去，这小身板不折腾完了吗？彭程走过来拉着张杨，走，咱们打一场球什么都忘了，出一身透汗，再去冲个澡，明天太阳照样升起，一切都是我们的，什么梁妹妹热妹妹的，咱们都不要。

去你的吧，我可不像你那样，对什么都不在乎，都这么拿得起放得下的。张杨推了一把彭程。

你小子真没良心，你知道吗，你现在这个经历哥们儿也有过，所以我知道你现在如何地痛苦，如何地需要朋友和哥们儿来帮你解脱这种水深火热。我告诉你吧，我第一次失恋的时候，比你现在惨多了，不过从那次之后哥们儿也成熟了，现在把一切都看得淡了。

那你说说，如果你现在还和谁相处相爱的话，还有当初的那种激情吗？张杨望着彭程。

这算你说对了，我肯定没有了，说真的。彭程满脸认真地说着，所以有人说最可贵的是初恋，可是古往今来，哪有初恋就成功的呀，你说说咱们班挨个数，不管是男的还是女的，谁第一把就能成呀。我跟你说吧，自从我初恋失败以后，我就想明白了，别整天把心思都花在这上面，这个事情是两厢情愿的，你勉强不行，你越勉强人家就越架儿，有的时候你要反过来的话，效果倒恰恰能相反，这就是无心插柳柳成荫。

我可不像你，说起这种事一套一套的，你没听咱们班女同学背后怎么说你吗？

怎么说，你快说说。彭程追问着。

都说你是花花公子，对谁都不会真心的。张杨认真地说。

我的老天呀，这可麻烦了，这种事情我得好好跟她们理论一下。彭程显然对这番话说得有些动了情绪，如果这种舆论给我造出去的话，哪还有一个美眉肯爱上我呀，能给我动真情呀。不行，我明天得找一个机会证明我自己。

得了吧你，整天这么玩世不恭的，别说咱们班的女同学，我看着你呀也是那么回事。张杨认真地说。

算了，先别说我的事了，我还是那句话，咱们现在如果认真说起来正上的是中专，如果不上这个学咱们在家那就是高中生，一个高中生你和你的同学如果是好了，那也就是一个最低的一层基础。怎么，这个年龄你还想和谁私订终身哪，你做梦去吧，可真有意思，一见钟情白头偕老，这可不是咱们这个年龄要想的事。

那你说我想啥？

想你怎么好好地把学上好，等你上好了，真是混出个名堂来，远的不说，如果咱们三年之后能考上一个北京的名牌艺术学院，你不用别的，到时候有一件事就保证麻烦得你每天都得抽出时间来琢磨了。

张杨认真地望着彭程，什么事啊？

还什么事，那你身前身后都围了很多向你求爱的妹妹，你就得挑呀选呀，这个哭了那个闹了，你说你一天不往这里费心思行吗?

彭程满脸认真的神情，说得张杨也乐了。

地铁站出口人来人往，乱极了。

梁怡萌已经站在那里挺久了，当门口出现了林中云身影的时候，梁怡萌有些欣喜若狂地奔过去。

两个人虽然只刚刚认识两天时间，也就是两天前刚刚见了第一面，还是在拥挤的地铁上，现在这第二面显然是不一样了，这中间不仅打了两次电话，而且相互还有很多说不清道不明的想象和期待。

林中云就像熟人一样走过来拉住了梁怡萌的手。

梁怡萌本想挣脱，可是又怕人太多两个人走散了，便把手放在了林中云的手中往外面挤着。

怎么，等半天了吧?你看看我这公司太忙，最近的事情太多，是不是饿了?走，咱们边吃边谈吧。林中云一边走着一边头也不回地说着。

可不是嘛，人家都等你快半个小时了，真的有些饿了。梁怡萌说着。

林中云停住脚步望着梁怡萌，那你想吃什么?

什么都行，能填饱肚子就行，可得快点儿。

林中云回头望了望，又向路的那边指了一下，要不咱们去吃麦当劳吧，又快环境还挺好。

行，那咱们快去吧，说不定现在正是高峰期呢。梁怡萌有些担心。

没事，这个店我常来。林中云依然拉住梁怡萌的手向路的对面走去。

果然是轻车熟路，林中云走到店里安顿好梁怡萌，便走过去，不大一会儿把食品端了过来。

梁怡萌一看盘子中的东西，心里又是滚过一阵热浪，说来也怪了，这个林中云也并不了解，他怎么选的都是我爱吃的呢。

你怎么这么看着我呀，是不是我选错了东西呀？林中云故意地望着梁怡萌问。

梁怡萌拿起薯条吃着，你问得正相反，这几样都是我平时最愿意吃的，真的。

那就是咱们心有灵犀了，你看看，这就是缘分呀。

林中云坐下来也拿起薯条蘸着果酱。

我看你今天挺累的，你每次去老师那里上课，都是挤地铁呀，一个女孩子多不安全呀！

没事，我身上又不带多少钱，挤点儿怕啥？梁怡萌满不在乎地回答着。

林中云大口地吃着，他也挺长时间没有吃麦当劳了，说心里话，今天这几十块钱他还是从一个哥们那里现借的呢，他觉得自己实在是太寒酸了，又从朋友那里借了一件像样的衣服，不管将来发展的结果如何，总得在这漂亮的姑娘面前显示一下男子汉的形象吧。

梁怡萌当然不可能现在就从林中云表情中读到他心里想的内容，她觉得面前的这个小伙子将来可能成为她学习艺术道路上的一个靠山，最起码可能在某一段路程中是她不可离开的引路人。

梁怡萌能这么快就打电话和林中云约会，使他似乎能够猜到一些事情，因为他感觉到梁怡萌现在所缺的东西，这也是当年自己曾经最缺乏又无力解决的。那个时候自己专科学校毕业之后，漂到北京那简直是两眼一抹黑，于是东一头西一头地乱撞，兜里又没有钱，只好先打工，然后再找人。这样找来找去也没有找到正点上，勉勉强强攒够了一笔能进修一段时间的学费，又通过关系软磨硬泡地到那儿学了一段时间，后来倒是教他的那位老师告诉他，凭你现在的这种自然的条件，在这条路走下去几乎是不可能的。为此，林中云痛苦了好几天，最后决定放弃，因为想成为一个真正的歌星，无论从自然条件还是经济条件，他都无法和那些已经闪烁金光的明星相比，甚至都不能与身边的和自己一样北漂的这些人相比，他只好认了，只好把自己的身价放下来。于是通过朋友接触到一些电视剧组，这里客串两天，那里当个群众演员，挣不了大钱，可也饿不死，可他不甘心，他还想继续等待继续寻找机会。

林中云没有想到自己曾经遭遇过的历程，现在面前的这位漂亮的小姑娘正在步自己的后尘呢。

平心而论，林中云现在并没有想坑害梁怡萌，只是这个时候他觉得身边应该有这样一位让他赏心悦目的女孩陪伴着他，最起码将来在面对朋友的时候，他可以很自豪地介绍这是我的女朋友，让朋友们都以欣赏的眼神羡慕着，这样他的虚荣心便可以得到一种特殊的满足。

两个人把面前的食品已经吃得差不多了。

怎么样，够不够，如果不够的话，我再去买一份？虽然林中云口袋里的钱已经不多了，可他还是表现得异常大度和潇洒。

不行了，今天我已经吃得够多了，不能再吃了，梁怡萌连连地摆着手，我的同学都说我胖了，我就琢磨着也得减肥呢。

不胖，不胖，我看正好，真的。林中云望着梁怡萌很认真地说着。

听说你们公司挺大，你说说，你们公司现在的业务都是哪方面的呀？

这不简单吗，我们公司主要是制作音乐方面的。对了，现在经常在一线演出的歌星你肯定认识，方琪你认识吧，董畅你认识吧，还有……

听着这些名字，梁怡萌异常兴奋，是啊，我都认识，她俩的歌我还真愿意听呢。我是学民族的，虽然她们俩唱的歌是通俗的，但是都有民族的基础，有的时候还能听出点儿美声的味道，怎么，她们和你们公司……

我告诉你吧，林中云说到这里，故意顿了一下，她们都是我们公司包装出来的。

是吗？哎呀，你们公司这么有实力呀。梁怡萌很吃惊地问。

林中云为自己方才说的谎话心跳在加快着速度，可是他要把谎话继续说下去，是啊，我们公司现在还要往出推一批新人呢，说不定将来你还是我们公司签约的歌手呢。

我可不行。梁怡萌听着这话，心中自然欢喜万分，但是嘴上还是这样说着。

怎么不行？我看你的基本条件挺好，如果你上镜的话，保证震倒他们一大片。林中云盯着梁怡萌说得异常认真。

梁怡萌很难为情地低下头，我现在学得还不行，我的专业课老师经常不满意，我在我们班……

看看，这你就不懂了，有的时候真正成手成星的人，不一定在同学当中就是出类拔萃的，我跟你说吧，方才我跟你说的那个方琪和董畅，都是在她们当时那个班中下等的学生，怎么，你还不信，你知道为什么吗？

梁怡萌两眼瞪得很大，盯着林中云。

我告诉你吧，要想成个腕儿成个手儿，光唱得好还不行，这拼的是综合实力，还有，现在哪有歌手在电台去唱歌呀，都得上电视呀，都得上舞台呀。如果你长得像丑八怪一样，你就唱得再好，那机会能给你吗？那音像公司的老板除非他脑子进了水才肯包装你，如果给你出了磁带，出了光盘，一张卖不出去，你一登台观众忽地一下全跑了，那老板不得赔个底朝天呀？

林中云的一番话说得梁怡萌也乐了，指点着林中云说不出话来。

你这一笑真好看。林中云两眼火辣辣地望着梁怡萌。

别瞎说了，现在还笑呢，我现在真是骑虎难下呀。原来我是学舞蹈的，我改成学声乐的时候我爸我妈都不乐意，可是拧不过我，现在我真是有些后悔呢。梁怡萌说得也很认真。

林中云有些吃惊地望着梁怡萌，真的吗？看看，我这眼力还是不错的，我第一眼看见你就觉得你曾经搞过舞蹈，你看你那手，那胳膊，还有那身材，搞舞蹈真是得天独厚的，可是你现在学了这个和你原来搞的并不矛盾，说不定什么时候你还能借上你原来基础的光呢。

是吗？这方面你有经验，真是这么回事吗？梁怡萌问得非常真诚。

你如果信我的话，你就别犹豫了。林中云很坚定地说，你好好学下去，你等着，我给你创造条件。

林哥，我就等着你说这句话呢。梁怡萌兴奋地说。

你终于喊我哥了，好，就凭你是我妹子，我什么时候就把你介绍给北方音乐学校的钱教授，让他给你听一听、看一看。

什么，钱教授？梁怡萌眼睛瞪得更大了。

林中云很自豪地望着梁怡萌，怎么，告诉你吧，我当年就跟钱教授学习过，他是我的老师……

梁怡萌回到学校的时候已经快半夜了，还是事先打了电话，张杨和彭程几个男同学从学校的院墙翻过去，把她从院外接了过来。

张杨一边往上抱她一边说着，怎么回来这么晚呀，也不打个电话我去接你呀？

彭程用胳膊顶了一下张杨，说什么呢，如果需要你接的话，人家能不打电话吗？

两个人就这么你一句我一句地说着，梁怡萌自然能够听出他俩的话外之音，可现在她只能装聋装哑，她不能说出自己去和林中云会面了，更不能说和林中云是如何相识的。

梁怡萌往宿舍走的时候，不断地劝着自己，现在的事情那就是一定要把专业课学好，不用学得最好，哪怕在这班里能排到前几名，再加上林中云将来给创造的条件，你们等着吧。

这天夜里梁怡萌在床上翻来覆去睡不着，她甚至想到了三年之后自己将能考上一个什么样的大学，有一点林中云是说对了，就凭我现在的这个条件，除了我学的专业课稍差一些外，别的条件谁能比呀，我如果往台上一站的话，没等开口呢，观众的眼睛保证盯着我。是啊，想成为大歌星的话，光有好嗓音还不行，现在人们都注重的是形象，在这方面我可是全班第一。

梁怡萌睡着的时候也不知道是几点了，反正当她还迷迷糊糊睡得正香的时候，林小雨到她的床边推着她，喊着她赶快起来吃早饭，因为今天上午就要上专业课了。

本想再睡一会儿，一听专业课几个字，梁怡萌身上像上了发条一般，腾地一下从床上跳了起来。

她真是没有想到，今天的专业课居然受到了高老师从未有过的表扬。

高原歌望着梁怡萌，第一次点了点头，行，今天你的感觉不错，就得这样唱，你回去好好总结总结你今天上课时的体会，这个东西不能模仿，更不能听自己的声音，一定要悟，悟你懂吗？

梁怡萌走出教室的时候，她就觉得这天比以前更蓝了。

身后跟着的柳芳和黄玉玉也都跑过来叽叽喳喳地说着，萌萌，今天你真是不错呀，说说，是怎么回事？

梁怡萌摇摇头，我也说不清，咱们老师不说过吗，学这种东西有的时候这种飞跃连自己也说不清。

得了吧，看看，刚刚得到了两句表扬就卖起关子来了。林小雨不知道什么时候从后面跑了过来插嘴道。

就你多嘴，不跟你说了。她们几个人正往食堂走着，梁怡萌的手机响了。

梁怡萌拿起手机，什么，我爸已经出发了？明天就能到呀！太好了！

听说父亲要来北京，梁怡萌顿时感觉到自己真是喜上加喜，这两天怎么好事都赶到一起了，昨天晚上刚刚见完林中云，明天爸爸又来，又能吃上那香甜的板栗了，太好了！

下午，张杨还是无怨无悔地来到了琴房，帮助梁怡萌练琴练声。

听说你上午的专业课上得不错，祝贺你呀。张杨满脸真诚地说。

有什么呀，其实我如果好好唱的话，以前也能唱成这样。梁怡萌不知道自己怎么能这样说。

张杨很高兴地望着梁怡萌，我就说你有潜力，你以前呀，就是没有找到那种感觉，现在你既然已经登上了这个台阶，可千万不能滑下去。还有，我都品透你了，你的情绪对你的影响很大，以后不管遇到什么事，不能太着急太上火，一定要保持一个稳定的情绪，如果没有好情绪，你呀……

梁怡萌不想听张杨再啰唆下去，便皱了一下眉头。

就连这个微小的变化张杨都看在眼里，马上闭住嘴，轻声地问，今天先练什么？

先练《又唱浏阳河》吧。梁怡萌说着，把乐谱夹拿出来递给张杨。

当那悠扬动耳的乐曲从张杨的手指间流淌出来的时候，梁怡萌顺着这旋律开始唱了起来，她感觉自己进入了从未有过的那种演唱热情之中，她仿佛自己就是一个在台上演唱的歌手，就像面对无数观众的歌星……

张杨兴奋地弹着，不时侧转头来望着忘情演唱的梁怡萌。

两个人弹唱了很久，这天晚上梁怡萌一共唱了有七八首歌，她越唱越兴奋，张杨给她伴奏也进入了那种氛围，他觉得梁怡萌今天晚上发挥得特别好。

好了，今天就到这里吧。梁怡萌终于松了一口气。

张杨站起来，你今天真是超常发挥，如果这样下去的话，高老师肯定还会表扬你，如果按照这样的进度，用不了多久，你就会超过柳芳她们。

真的吗，你说的是真的吗？梁怡萌好像不相信似的追问着。

张杨很认真地说，难道我还能蒙你吗？你会的，看来你这两天情绪不错，就这样好好唱吧。

两个人一边说着一边走出琴房。

一阵寒风吹过来，梁怡萌打了一个冷战。

张杨赶紧把外衣脱下来披在梁怡萌的身上。

不用，几步就到宿舍了。

可不能感冒了，一感冒嗓子……就发挥不好了，到时候老师又得收拾你了。张杨还是很认真地说。

时间过得真快呀，咱们刚来的时候，这些丁香树还是绿的呢，你看看现在都黄了，说不定过几天这地上该有雪了。

北京每年冬天也下不了多少雪，倒是长城上雪很大，张杨说，等咱们找个机会，再去爬一趟长城吧。

行，和大伙商量商量，赶上谁过生日更好。梁怡萌赞同着。

张杨哼着歌走回自己的房间，彭程一看张杨走进来，便笑着对同屋的几个人说，我没说错吧，咱们张杨不管是喜还是悲，你从那歌声里就能听得出来，今天晚上肯定是和梁妹妹合作得不错。

张杨推了彭程一把，去你的，哪有那些事，我是想别的事呢。

算了吧，你那点儿事，别当我不知道，彭程说着，指着桌子上的一包东西，看看吧，这是咱们宿舍老三回家拿回来的，给你留着呢。

张杨一看那里面有一包果脯，便扑过去扒开一包大口地吃着，还向上铺的老三道了一声谢。

张杨一边吃着一边摇头晃脑地哼着。

你有什么高兴的事也跟我们说说，让我们哥几个也高兴一下。上铺的老三把话扔了过来。

由于吃了人家的果脯，如果一点儿也不说的话，便觉得太不够意思了，张杨在那里吭吭哧哧地憋了半天，反正是好事，你们怎么想都不过分。

彭程走过来拍了一下张杨的肩膀，别的我们不问，我们就想问一问，你拉过你那梁妹妹的手吗？

张杨推了彭程一把，你说你俗不俗呀，动不动就拉手的，拉什么手呀。

看看，你们看见了吧，咱们这哥们儿简直就是柏拉图呀，专门追求精神方面的东西。彭程指点着张杨。

宿舍里的几个人全乐了。

站在宿舍的走廊上，梁怡萌拨通了林中云的电话。

梁怡萌现在非常高兴，正像方才张杨和她说的那样，按照她现在这种心情和进步的速度，用不了多长时间，她可能就是这个班里专业课最好的。高老师不是常说吗，有的人悟性好，每上一次课那都会迈上一个台阶，那些差的，上十次课说不定还要退步呢，现在我终于找到这种感觉了，我要趁热打铁。林中云不是说了吗，他要找那个老师给我听听，现在得抓紧。

林中云把那边的电话接了起来。

我是怡萌呀，我找你，还能有什么事，你忘了？梁怡萌追问着，等待着那边的回答。

林中云在电话里道着歉，方才我不是没听出来是你吗，我怎么能忘呢？给你办事我早就想着呢，你放心吧，你什么时候想办，我什么时候领你去，保证错不了。不过按照我的意思，你还是等一段时间再说，因为人家老师……还有，你不是说你最近进步得挺快的吗，你把基础打得再牢一些，这样老师一听，人家心里一高兴，说不定直接收下你这个学生呢！

梁怡萌关掉电话，站在那里沉思着，她觉得林中云说得有道理，现在可能高兴得太早了，刚刚进步了两次，就不知道姓啥了，如果真到人家老师那里去唱一下子，说不定还要砸锅呢。那就再等等，关键是自己能够学到真东西，不管让谁听，就是让北方音乐学院的钱教授给我听，到时候我也能让他大吃一惊，最起码也让他觉得行，这样也不能让人家林中云觉得没面子。

梁怡萌想到这里，推开宿舍的门。

放下梁怡萌的电话，林中云在心里盘算起来，没有想到这个小姑娘还挺着急，她哪里知道我这全是蒙她呀。

事情已走到了这一步，现在只能往前走一步算一步了，虽然自己进修的时候那个学校的老师倒是认识几个，可是那些老师如果没有特殊的关系，你想让人家给听一听，那根本是不可能的。再说了，这年头即使是有特殊的关系，那也常常必须用钱先铺好路呀，如果光靠着我这两片嘴，去唬一个小姑娘还可以，人家那些老师可不吃我这一套。可是给老师不管是送礼还是送钱，我从哪里出呀，我现在每天还只能吃盒饭和方便面，如果进了老师家的门，还要介绍那个让老师听课的是我的妹妹什么的，这一出手最少也得三千两千的，我可怎么办呀？看起来这年头吹牛也得上税呀，这税还不少呢。

林中云想着，狠狠地坐在了床上，本来不太结实的折叠床被他坐得吱吱呀呀的。

我这不是找罪受吗？本来自己的日子已经是脚打后脑勺了，现在偏要背上这个包袱，你说我贱不贱呀。

林中云坐在那里悔恨着，手机又响了，他想这可能又是梁怡萌给他打过来的，一看电话号码有些生疏，但是还是接起来了。

手机里的声音清脆而甜蜜，林中云居然半天想不起来电话那头的是谁。

怎么，这才几天呀，就把我给忘了？你是不是发达了？电话那头的女人就这么向他说着。

林中云辩解着，真对不起，这两天感冒了，耳朵有点儿不好使，你到底是谁呀？

电话那头咯咯地乐了，还是谁，看来和你交往的女人实在是太多了，我是小叶呀。

什么，你是杨小叶，哎呀，你看看，我怎么连你的声音都听不出来了，真是该死。

杨小叶在电话里还是边乐边说着，是挺该死的，不过该死倒不必了，我还是想惩罚你。对了，你现在在哪儿呢？

我还能在哪儿，还是那个老地方。

什么，还在那半地下室的狗窝里呀，那是人住的地方吗？电话里的杨小叶止住了笑声这样说着。

林中云被杨小叶尖酸的话说得有些伤了自尊，你说的什么话呀，你是不是现在傍上什么大款了，才说这种话，真是饱汉子不知道饿汉子饥呀！

不知道是林中云的这句话击中了杨小叶的要害，还是他这些话里带出来的情绪让杨小叶感到有些难为情了，杨小叶在电话那头停顿了半天，才不得不说了一句，对不起，咱们不是老熟人嘛，再说了，那老百姓还知道一日夫妻百日恩哪，怎么，说你一句半句的你就这样啊？

一听杨小叶这么说，林中云倒觉得自己没有了胸怀，又对着电话解释着，不是，我的意思是这两天我不是身体不好吗，可能是情绪受到影响，对不起，你找我什么事啊？

没有事就不能找你呀，想你呗，你不是在你那原来住的地方吗？我现在就在路上，好，我十分钟就到你那里。

还没等林中云说下去，那边的电话关掉了。

林中云坐在床边来不及细想，便赶紧把屋子里简单地收拾了一下，脑海里又翻腾出杨小叶的形象。

他和杨小叶的交往说起来也是挺有传奇色彩的，是那次他到北方音乐学院联系进修的事，杨小叶也在那里。两个人同时在门口等人，两个人又同时进去，出来的时候两个人虽然还没说一句话，都相视一笑就算认识了，一谈起来两个人都有共同的爱好，找的又是同一个老师，于是两个人就以师兄弟师兄妹相称了。

两个北漂漂在了一起，两个都是孤独的人，正应了那句话，相逢何必曾相识，虽然两个人一个是南方的一个是北方的，谈了两次话之后，都觉得他乡遇故知的那种感觉从心头油然而生。

有人在书上写过，孤独的人感情最脆弱。由于他们两个当时都是挺孤独，那种孤独倒不是来自于经济方面的，主要是来自于想学东西又找不着门路，于是两个人经常在一起互相安慰着，渐渐地，两个人由生疏到亲密，再到后来的事情，就像很多年轻人顺理成章地发生了一系列故事。

倒是杨小叶不甘心就这么始终飘荡着，过着这种苦日子，不说别的吧，她整天挂在嘴边的就是羡慕人家哪个女人有了好的化妆品，哪一个人又穿了一件好衣服。每一次说这种话的时候，都像在林中云的伤口上撒了一把盐。虽然林中云知道这些话并不全是冲着他说的，可是他和杨小叶肩并肩地走在北京的大街上的时候，他都觉得自己有些自惭形秽。那种渺小的感觉是发自内心的，他那一刻才真正感觉到了金钱的可贵。不就是钱嘛，如果我有钱的话，我也完全可以满足你的虚荣心，可是我不行呀，每当想起这个的时候，他就觉得从心里和杨小叶拉开了距离，两个人这种感觉可能是几乎在同时发生的，渐渐地关系淡了远了，再后来一个星期也通不上一次电话了，再后来就失去了联系。

今天这是怎么了，肯定这是杨小叶发达了，她居然自己开着车来，她走的是什么路子呀，难道自己真猜对了，她是傍上什么大款，还是……

林中云正在想着，手机响了，他拿起电话的时候已经知道肯定是杨小叶的车到了。

四

坐上杨小叶开过来的丰田车，林中云才感觉到杨小叶真的变了，变得他几乎不敢相认了。

刚打开车门坐到副驾驶的位置上，从杨小叶身上和脸上散发出来的那种难已抵挡的香水味扑面而来。

林中云定定地望着杨小叶，半天没有说话。

怎么了，这么几天就不认识了？现在又在哪个剧组混呢？也没弄个什么角色，咱们整不上男一号整个男二号也行呀。杨小叶就这么不咸不淡地说着。

林中云皱了皱眉，心里觉得这个杨小叶真是太不善解人意了，这不是哪壶不开提哪壶吗？我现在缺什么你就偏揭这个短，如果我要是混好了，我还能住在这狗窝一般的地方吗？

你不说我也不想问了，走，你陪我去吃一顿饭。

林中云下意识地摸了摸口袋，你可说清楚，是你请我呀还是我请你，我如果请你的话，对不起，就到对面的小店里吃一碗面条或者是吃几个包子；如果你请我的话，那我就跟你走。

杨小叶把汽车发动好之后，一踩油门，丰田车忽地一下蹿了出去。

瞧你那点儿出息，看把你吓的，我请你，这行了吧？

好，你拉到什么地方我就跟你到什么地方，反正你是做东的。

杨小叶一边向前开着车，一边斜眼望着林中云。

两个人半天没有说话。

喂，这才多长工夫啊，你就混成了这样，跟我说说，方才我在电话里是不是说对了？

杨小叶说得有些不卑不亢，算你猜对了，如果像你这么混的话，我和你那也就是难兄难弟，后来我想开了，咱们的条件不行，又找不到门路，你就说这些北漂吧，百分之八十以上都比咱们的条件要好，咱们能有出头的那一天吗？倒是后来一个朋友给我介绍，认识了这个新加坡的老板，还不错，给我买了一套别墅，他一年当中有半年在北京，这不是吗，车也是他买的。

怎么，你真让人家给包了？

林中云这样问的时候，他的心头有一种隐隐作痛的感觉，他虽然早已经知道杨小叶这样的女人不会属于他，但是杨小叶能走到这一步，这也是他无论如何也想不到的。毕竟两个人有过那么一段时间的交往，自己爱过的女人突然跟了一个有钱的男人，林中云的心里感觉有一种不可名状的痛楚。

怎么，你是不是吃醋了？瞧瞧你。杨小叶加大着油门，向前开着，侧过脸望着林中云。

不是，我吃什么醋啊，林中云急忙解释着，我不能给你任何幸福，你走这一步不错的，挺好的。

谈不上好，也谈不上坏，我知道走这条路的人好像都被别人看不起，但是我走上这条路之后我才觉得这条路其实也不是什么人都能走上来的。你知道吗，那些大老板他在包人的时候，也不是像咱们平时说的，随便找个歪瓜裂枣的都行，首先要漂亮、要年轻；其次，还要有一定的素质，如果和人家一点儿共同语言都没有，那不就成动物了吗，那肯定不行。我也想开了，我不可能和他厮守一辈子，和他这么混几年之后，就靠我平时攒的这笔钱我就可以干我自己的事情了。如果靠我在北京这么漂着，我二十年之后，虽然可能嫁了一个人，也可能生孩子，但是过的那肯定是一个最普通的生活了。

林中云听着杨小叶的这些话，心里感觉更不是滋味了。当年，两个人刚相识的时候，那杨小叶也是雄心勃勃的，一个劲儿说要靠自己打出一片天下，可最终还是走上了这条道路，一种悲凉的感觉从林中云的心底升腾起来。

轿车停在了王府饭店的停车场里。

林中云下车抬头一看，才知到了这个鼎鼎大名的五星级饭店。

当门前给他开门的门童向他鞠躬的时候，林中云都感觉到有些不自然，他多长日子没有这种感觉了，这样规模的饭店，他以前曾经进过，可那好像是上一辈子的事情了，现在每天都奔波在拥挤的地铁上，到了某一个剧组那也是最下等的人，给人家端茶倒水搬道具不说，每天的盒饭也是最后发给他，他感觉到自己这些日子真是生活在社会的最底层。谁说人没有等级，这种等级在他的骨子里时时能感觉到，可怎么办，自己没法改变这种事实。

杨小叶走在他的前面，完全是一副趾高气扬的神态。

林中云跟在杨小叶的身后，故意把腰板往直了挺了挺，但还是感觉到从内到外的寒酸。

就连门口站着的那个门童都用异样的眼神看着他，那肯定是林中云这一身衣服和这样的酒店是不相匹配的。

杨小叶好像不止一次来到这里，轻车熟路地走到靠在窗边的一个座位上坐下。

服务生赶紧走过来。

杨小叶连林中云都不看，也没有谦让，就对服务生比比画画地吩咐起来。

林中云在旁边静静地望着杨小叶，这女人说变也真快，这才几天呀，就完全变成了一副富婆的模样。

杨小叶吩咐完服务生之后，好像这个时候她才想到身边还坐着林中云。

我也没问你，还是按照你原来的爱好我随便点了几样。

我不说了吗，反正是你请客，你点什么我吃什么。

行，还像以前那么乖，这还差不多。

两个人说着话，几碟精美的菜肴端了上来，服务生手里还拿着一瓶红酒。

今天晚上我感觉挺寂寞，突然想起了你，咱们俩这一瓶红酒不要剩。

杨小叶把话说得斩钉截铁，没有丝毫可以商量的余地。

林中云想解释什么，可张了张嘴没有说出来。

杨小叶当然知道平时的林中云是不能喝酒的，一喝就醉就蒙了，可今天她要说了算，她要让这个不会喝酒的男人也服从她必须把酒喝进去，她要的就是这种感觉。这些日子她跟着那个新加坡的商人，完全是听人家的，而且时时要对人家察言观色、投其所好。难怪那个新加坡的商人在床上和她亲热的时候，始终念叨着比他老婆强多了，会来事儿，善解人意，会疼人，其实那商人完全错了，百分之八十以上都是她杨小叶装出来的。不装不行呀，她知道为什么和这商人走进这别墅，躺在这床上，她要达到她自己的目的。

她现在要做的正好相反，她让面前这个曾经和她相爱过的男人完全听她的，她要找回一个女人支配男人的那种感觉，当方才第一眼看见林中云的时候，她就感觉这种机会来了。林中云已经不像和她分手时候的那个样子了，现在已经完全被这个社会给折磨得有些逆来顺受了，他身上的棱角已经过早地被磨平了。按说这个年龄的人完全不是这个样子，但是杨小叶多多少少能够理解他。

两个人就这么说着喝着，红酒一杯一杯地喝下肚里。

林中云摸了摸自己的额头解释着自己有些发晕了。

我不是说了吗，就这一瓶，多了咱们不喝，少了也不行。

杨小叶说话的口气还是那样。

林中云本想反驳几句，可他这会儿连反驳的勇气也没有了。

两个人把那瓶红酒终于喝完了。

走的时候还是杨小叶扶着林中云上的车。

上车之后，林中云便感觉有些晕晕乎乎睡着了。

当林中云睁开眼睛的时候，他原以为车会停到他的住处，没有想到杨小叶已经把他领到别墅区里。

杨小叶走过来打开车门，请吧。

林中云摇摇晃晃地站在那里，这是什么地方呀，这不是我去的地方呀。

那当然，肯定不是你要去的地方，但是是我要来的地方，走吧。杨小叶说话的口气还是像刚才那样不容商量。

杨小叶扶着林中云走过去打开一幢别墅的门。

林中云睁开眼睛一看，他完全被满屋的金碧辉煌惊呆了。

杨小叶一身珠光宝气地站在他的面前。

林中云感觉自己到了神仙住的地方，方才还是那个又潮又冷的地下室，现在却一步到了天堂，他不知道自己是在现实里还是在梦境中。

倒是杨小叶走过来拉了他一把，快去吧，洗澡水已经给你放好了。

林中云站起身来，还是有些摇摇晃晃的，杨小叶在旁边搀扶着他，瞧瞧你，还是个男人呢。

当杨小叶把他推进浴室，林中云把衣服脱光躺在浴缸里的时候，他才彻底清醒。

真像做梦一样，两个小时之前，他还在那个半地下室的破床上躺着，现在却躺到了一个高级别墅的浴缸里，而且马上就和那个阔商人包的二奶奶要发生新的故事。林中云这样想着，这世间的事情有的时候就是说不清，很多偶然的事情常常决定一个人的命运，今天白天的时候还为一个盒饭里面能多一片肉而欣喜若狂，今天晚上却在王府饭店吃了一顿大餐，这不就是命运捉弄人吗？这才几天没见面呀，原来和他一样的杨小叶现在却一步登上了天堂，她靠的是什么？靠的是青春靠的是脸蛋儿，不管怎么说他现在得借人家的光了。

他在那里久久地泡着，感到舒服极了，浑身的每一个毛孔都张开，都来享受这可能是短暂的幸福的片刻。

要不是杨小叶在外面等急了敲他的门的话，他还不想出浴缸。

当他和杨小叶躺在那张宽宽大大的床上的时候，突然有一个念头飞到了他的脑海里，他盯着杨小叶那丰满的身躯，静静地盯着。

你怎么了，这么看着我？

你和他……和他是不是……

你说什么呢，你说的那个他，不就是那个商人吗？他又怎么了？

林中云和杨小叶两个人在床上一阵急风暴雨似的亲热之后，杨小叶给林中云最大的感受就是，这个女人变了，变得那样彻底、那样脱胎换骨。方才的那个场景，在林中云的记忆里从来不曾有过，尤其是和这个杨小叶，他吃惊地望着赤条条的杨小叶躺在自己的身边，他仿佛重做了一回男人，让他不解的是，杨小叶怎么在这么短时间就变得这样快，这样不可思议，这样突如其来？

怎么样，你在想什么呢？杨小叶说话的时候，依然闭着眼睛。

林中云抱过杨小叶又深深地亲吻着，杨小叶还是闭着眼睛。

林中云在那里静静地想着，这时他脑海里突然又出现了梁怡萌的身影，这个身影这个时候出现，他自己都感觉到有些吃惊。尽管方才他和杨小叶的这场做爱是深入骨髓的，可是梁怡萌的身影还是不可阻挡地来到了他的大脑中。这时的林中云甚至觉得自己有些卑鄙，躺在这个女人的怀抱里，享受着这种铺天盖地的爱的热潮，却在偷偷地想着另外一个女人，他的心里有一种犯罪的感觉。

可是不能不想，林中云不断地说服着自己，当他又一次望着杨小叶的时候，他突然觉得杨小叶和梁怡萌比起来，还差得很远，究竟差在哪里呢，他一时又找不出答案。

张杨终于陷入了更深的痛苦之中，连本班的其他同学也看出来了，平时快快乐乐的这个男生，突然沉默起来，这让人感觉到有些不可思议。

彭程当然是最了解这其中内情的人，可是他也无能为力。

张杨的饭量在减少，彭程如何劝他也没有什么效果。

张杨把自己关在宿舍里，不吃不喝也不学习不看书，也不到琴房去了。

梁怡萌当然知道张杨为了什么，她本想这个时候找张杨谈一谈，可又怕自己心软，所有的努力都前功尽弃了，梁怡萌甚至自己偷偷地走到丁香树下落下泪来。回想起张杨从相识以来对她的那些关怀，她觉得有些于心不忍，甚至她想赶紧告诉张杨，他们还可以继续，还可以有一个长长的未来。可是理智又告诉她不行，如果这样的话，不仅是害了自己也害了张杨，将来的日子还很长。再说了，自己现在和张杨还是一个上高中阶段的学生，将来怎么样都是未知数，大家现在把所有的心思都花在了如何才能考上一个理想的学校，而理想的学校究竟在哪里，谁都在画问号。别看平时都嘻嘻哈哈地有说有笑，可谁都知道这种事情大家都在悄悄地做着努力，而这种努力即使关系最好的同学常常也会隐瞒的，因为这种竞争常常就发生在自己的身边，因为艺术院校招生的名额大家都知道，有的学校就那么几个人，常常就是有你没有我，而有了你我便不行了。

从柳芳和黄玉玉的那些话语里，梁怡萌当然能听出她们是在谴责自己，说自己的心太狠了，对张杨的冷淡别人是做不出来的，没有想到梁怡萌在这些女生当中是年龄最小的，却做得如此果决不容商量。

躺在宿舍里的张杨终于想明白了，他要找到梁怡萌进行一次彻底的长谈，哪怕是两个人再不会有什么来往了，可有些想法要谈清楚，毕竟两个人这么长时间了，在全班人的眼里他们都是理所应该的，都是天经地义的一对。如果这样不明不白地不了了之，将来还怎么在这个班里学习下去？他从那些同情的和不同情的目光里，分明感觉到有一把把刀子，正在割他心头的肉，他感觉比流血还要疼痛。

张杨想到这里，忽地从床上坐起来，他想我不能这么去见梁怡萌，我要有一个好的精神状态，我要让你看一看，我张杨离开你我照样还是一个男子汉。

张杨拿起一包方便面泡上，又走过去用毛巾擦了一把脸。

班级里自习的人已经越来越少，只有柳芳和黄玉玉几个人还在那里看书。

梁怡萌也在拿着书本，可是心不知道飞到什么地方去了，她知道自己现在不想回到宿舍里，就在这里坐着，装装样子也是自己需要完成的一项任务。

梁怡萌把书翻了一本又一本，可是一个字她也没有看进去，她脑子里不断地叠印出林中云和张杨两个人的面孔，现在理智的天平已经完全倾斜到林中云这一边了，如果对张杨还是有些恋恋不舍的话，那就是张杨对她的一贯的热情和照顾。这一刻她突然想起了张杨对她的种种好处，这些好处甚至不能用金钱来衡量。她知道，张杨和她如果说这一场交往还算恋爱的话，那么这就是他们俩真正的初恋。虽然梁怡萌在这个过程中没有初恋的那种激动，那种惊心动魄，那种深入骨髓的快乐和痛苦，可理智告诉她，这么长时间，她和张杨两个人的关系是属于初恋的范畴。

当梁怡萌把书本收拾好就要离开教室的时候，张杨走了进来。

柳芳和黄玉玉一看张杨进来了，便赶紧起身走出了教室。

教室里只有张杨和梁怡萌两个人了，张杨走过来坐到了梁怡萌的对面。

四目相望，久久没有说话。

张杨终于开口了，你的心思我知道，从一开始我就感觉到了，这不怨你，我已经想通了，你是对的，但是我还想和你说几句。

梁怡萌的泪水不由得流了下来，这倒不是因为张杨说的话让她感动得这样，只是觉得这么好的一个朋友就要和自己越来越远了，甚至可能发展到形同陌路。她感觉到就像丢掉了一件非常可贵的东西，甚至像自己身上的某一部分突然失去了一样，她不知道这种感觉是不是爱，可这一刻她的感觉就是这么告诉她的。

张杨继续说下去，我是很痛苦，这几天全班的人也都看出来了，可是我会处理好的，你放心，从今往后我不会影响你，但是我想，只要我能做到的，不管什么时候什么事情，你说一句话我还会尽力去办的。

梁怡萌静静地望着张杨，她想说一些感激的话，可是又不知道从什么地方说起。

两个人就这么静静地望着、坐着……

从杨小叶的别墅回到自己的住处，林中云又像跌进了地狱般的感觉里，这倒不是从别墅到半地下室这种环境的变化，主要是心里的那种痛苦。按说他觉得自己有些对不起杨小叶，如果自己也能够像一个真正的成功的男士一样，那么杨小叶便不会走这一步。他知道杨小叶在心里给他留了一块位置，否则的话，凭杨小叶现在的条件，完全可以不来找他林中云。这可能就像人们常说的那种一日夫妻百日恩吧，尤其是昨天晚上杨小叶和他那种惊心动魄的感情交流，让林中云再次感觉到杨小叶对他的旧情难忘，而他自己对杨小叶来说，感激的情感可能占的比重更大，至于说男女之爱，虽然在那一刻让他刻骨铭心，可是离开了那个别墅，他就像和一件虽然是值得留恋的东西，但是知道那不是属于自己的，只好挥手告别一样。林中云在这种痛苦中挣扎着，他有些怨恨自己，为什么那么多成功人士的队伍里没有自己的身影，就因为自己的无能和不成功，像杨小叶那样的女孩，只好死心塌地地投入别人的怀抱，而眼下他刚刚接触到的这个梁怡萌呢，将来是什么样子，还不得而知。

林中云继续想下去，按说自己现在还很年轻，还不到那种看破红尘心如止水的境地，他应该燃烧起来，胸膛里还应该有热血有激情，可是自己应该怎么办呢，都说抓住机会，抓住命运，可我靠什么去抓呀。不知道从哪本书上让林中云记住了这样的话，那就是要对所爱的付出一切，帮助所爱的人实现她心中的理想。他当然知道梁怡萌现在需要的是什么，否则的话他和梁怡萌便永久不会相认相识，而梁怡萌现在需要的，他林云中能办到吗？在北京飘荡这几年，他深知文化艺术圈的黑暗和卑鄙，除了有权有势，那就是钱了，虽然有人把它说成金钱的铜臭，可是没有了钱，在这个圈里那简直是寸步难行，不管是找导演想上镜，还是找老师想出名，没有钱，对不起靠边站吧。当然了，如果是漂亮的女孩的话，还可以有一样东西可以作为抵押，那就是青春，可是他林中云没有，他做的恰恰和这个相反，他是为了心仪的女孩而要付出自己全部的努力。林中云突然有了羡慕那些强盗的想法，如果自己有那个胆量和本事的话，他现在可以冒险去抢劫，来完成自己对梁怡萌的许诺。

从小就有些胆小，别说去抢劫，街上一个警车驶过的时候，林中云都觉得心惊肉跳，尽管自己没有做什么亏心的事情，不管是从电影上还是在生活里，每当他看到那些罪犯被绳之以法的时候，林中云的心里都在发紧发麻发木，好像那些冰冷的镣铐就戴在了他的双手一样。那怎么办呢，手里没钱，现在无法帮助梁怡萌，可是自己……我如何能放下这个机会呀，对我来说可能这一辈子就这一次了，即使将来我挣了一个金山，这种机会不会重来。

对，我要去借钱，哪怕我就是给那些朋友磕头，我也要把这笔钱借来，然后用这笔钱为梁怡萌铺一段哪怕是窄窄的、短短的路。

林中云有了这个念头之后，他感到很兴奋，他拿起电话在上面查找着他觉得能够帮助他的朋友的电话号码。

林中云在上面查了半天，他觉得那些能够借给他钱的朋友，他现在都欠着人家钱哪，怎么还好意思再借人家呀，这肯定是不行。

林中云又陷入深深的苦闷之中。

他躺在那张小床上迷迷糊糊地睡着了。

睡梦中，他突然觉得梁怡萌正轻飘飘地向他走来，把一只手搭在了他的胸前，他感觉到胸口热乎乎的，接着梁怡萌便轻轻地俯在了他的脸上。

林中云在梦中觉得一阵从未有过的欢畅，他兴奋起来、激动起来。

当他呼喊着，没有想到是一个梦，满屋子黑洞洞的，方才梦中的感觉荡然无存。

林中云彻底地失望了，他睁大眼睛静静地望着漆黑的房间。

怎么办，还得想办法，可办法在哪里呀，他由梁怡萌又想到了杨小叶，对呀，我为什么不找杨小叶呀……

这个念头就像一道闪电划过长空，让他在黑暗中看到了一道光芒、一种希望。

五

梁怡萌把父亲拿来的板栗分给同学们的时候，特地留下了一包，她知道这一包是留给张杨的。

张杨的苦闷是不可能用一包板栗就能解脱的，但是他还是在接过那包板栗的时候，心头滚过一阵热浪。

梁怡萌对他的愧疚也是发自内心的，通过那次长谈之后，两个人渐渐地开始疏远了，可在张杨的心里虽然表面似乎平静了，可他知道，要想让他彻底忘记梁怡萌，除非是下辈子的事情，他今生今世不管和什么样的人，或者和多少女人走到一起，梁怡萌在他心里的位置是永远不可取代的，因为这是他张杨有生以来的第一次。

梁怡萌对张杨虽然没有这么强烈的情感投入，但是梁怡萌对张杨的愧疚却是很深的。她觉得自己似乎这么长时间欠着张杨很多，张杨在无怨无悔地给她做着各种事情的时候，她不是没有这种感觉，现在回想起来，她只能解释自己那个时候还小，还不太懂，还不太懂得为这种事情应该付出自己同等感情的代价。她知道，这一辈子她将永远欠着张杨一笔不大不小的情债，用什么来补偿，她现在没有想好，但是理智告诉她，现在还不能回头，如果对张杨果说了自己的一些感激的话，那可能会引起张杨对她新的误会，以至于对她重新燃起爱的火焰，如果那样的话，将来两个人都会被更深地互相伤害。

梁怡萌回到自己房间的时候，因为大家吃了她的板栗，态度对她都有所转变，再也不在她的面前提起张杨如何如何痛苦的事情，但是她从大伙的那些言谈中，还能隐约地感到事情并没有彻底结束。柳芳甚至讲了一个和这个看似无关的故事，但是梁怡萌能听得出来，这故事的背后说明柳芳等人对张杨的同情。林小雨甚至还说什么时候要和张杨出去玩，林小雨就是这样的人，从来嘴上说的和行动里表达的完全是一样的。梁怡萌听了这些话的时候，心里似乎有一些后悔，后悔将来张杨如果真成了一个人物，那是自己主动放弃的，这种事情能怨到谁呢，如果怨的话也怨自己当初没有看出来，而这种近水楼台的好条件自己并没有利用，而是丢了西瓜去捡了芝麻。

那她现在把天平的另一边倾向的那个人会成为她不愿意想到的那个芝麻吗？凭着梁怡萌还不够丰富的社会经验，她也隐约地感觉到她刚刚接触到的林中云并不是非常优秀的男生，从他的谈吐里，从他对事务的判断中，她能感觉到这一点，可是没有办法，现在能给她的道路上铺起一段光明的就是这个林中云了，这也是无可选择的选择。

想起这些的时候，梁怡萌的心里多少又平衡了一些，为了一辈子的事情，为了自己人生的最高追求，放下儿女情长，更何况这种儿女情长并不是自己全身心投入的，将来会对自己也是一个交代，否则的话更大的后悔可能会等在前面。

林中云试着向几个朋友打了电话之后，还没等他开口，对方早就把那扇门给关上了。

这一刻的林中云更深地体会到了自己在这几个朋友的心里已经早就没有了地位，换句话说已经没有了诚信。是啊，借人家的钱不管多少，上一笔还没还清呢，怎么能现在又张嘴又朝人家借呀，而且林中云知道，他现在所需要的这笔钱还不是一个小数目。

看来只有这一条路可走了，林中云在心里念叨着，对，我就得找她了，她也一定会帮我的。

当林中云把电话打给杨小叶的时候，杨小叶那边非常高兴，说一直在等着林中云，只要新加坡的老板没有回到北京，那幢别墅的门时刻向林中云敞开着。

林中云当然能够听明白杨小叶所说的那扇门向他敞开着是什么意思，放下电话之后，林中云再一次回想起在别墅里那个销魂的一夜，现在他所要做的，说到底是一件对不起杨小叶的事情，为了去追求另外一个女孩，却向她还有一定感情的杨小叶借钱，如果杨小叶知道了这个内情，那杨小叶还会借给他钱吗？这肯定是不会的。对，在向杨小叶伸手借钱的时候，一定要想一个充分的理由，那还有什么理由呢？只有一条了，就说自己的父母有病了，等着这笔钱救命，好在杨小叶也了解林中云家的情况，这一点她不会怀疑的。

想好了这个理由之后，林中云甚至感到心头一阵狂喜，他似乎感觉到了杨小叶会很欣然地把那一叠花花绿绿的钞票递给他的情景。当然他也知道杨小叶手里的这个钱是怎么来的，将来是想干什么的，可是理智和感情现在都支配着林中云必须要拿到这笔钱，否则他将悔恨终生。

来到杨小叶别墅的时候，杨小叶依然打扮得花枝招展，离着还有两步远的时候，林中云便能闻到杨小叶身上的那种特殊的香水味。对了，那天晚上杨小叶肯定也是喷的这种香水，他隐约地记得当时杨小叶在他耳边曾悄悄说了一句，这种香味能够刺激男人身上荷尔蒙的调动。

林中云站在那里呆呆地望着杨小叶，杨小叶扑过来，紧紧地搂住林中云，狂热地亲吻着。

林中云似乎心里感觉到有一些不适应，他感觉到摆在桌子上那个新加坡老板的照片中的那双眼睛正冲着他射过来，他就像一个偷东西的人，人家已经看见了，他却还在伸手拿。

杨小叶当然不能察觉林中云的这种微妙的变化，还是在那里一口一口地亲着林中云。

两个人相拥相抱着坐在沙发上，杨小叶摸着林中云的脸，你这几天是不是没有好好吃饭呀，看看你，好像是瘦了。

瘦点儿好，现在不都时兴减肥吗？林中云不冷不热地说着。

你今天来了，我给你好好地补养补养，一个男人，太瘦了就会没有力量的。杨小叶起身打开冰箱取出了一大堆好吃的东西。

林中云望着那些东西，并没有挑起他很大的欲望，如果这些东西放在以前，他肯定会眼睛发亮，但是现在他有更重要的事情，因为有了这个念头，似乎其他的什么便不重要了，这便是林中云长期以来一直的性格特征。有认识他的人都说他在处理事情的时候很专一，常常为了一件事而忽略了其他，在这一点上杨小叶也知道。当她看见林中云望着那些好吃的东西并没有伸手去拿的时候，便不紧不慢地问，你想啥呢，难道你不饿，你不想吃，还是你的心里又在想什么别的事啊？

不、不。林中云挥挥手，连忙掩饰着，拿起一块德芙巧克力放到嘴里。

你就别蒙我了，你我还不知道吗？杨小叶说得非常肯定，你有什么事就说吧，只要我能帮上你的忙，我肯定不会看热闹的。

林中云的脸色顿时阴沉起来。

看看，我没说错吧，你肯定有事，杨小叶又坐到了林中云身边。

林中云皱了一下眉头，又叹了一口气，这个事挺难开口的。

你看你，咱们两个人谁和谁呀？我不说了吗，你的事我愿意帮忙，你快说吧。杨小叶催促着。

林中云想了想，终于说下去，是这么回事，我家来信了，我妈她……

哦，我知道了，是不是你母亲的老病又犯了？

林中云点点头，家里来信说正住院呢，没钱交住院费，可是我……

林中云说这句话的时候，他自己觉得心跳的频率都在加快，可他不能不这么说，这也是事先想好的，这也是唯一一条现在说出来能让杨小叶相信的，或者换个角度说，这个理由说出来，杨小叶能愿意帮忙的。

需要多少？

林中云没有想到杨小叶会这么痛快地直截了当地问他。

怎么的也得三千五千的，这么多的钱我上哪儿去弄呀？林中云说着低下了头。

我的情况你知道，虽然现在你看我这住的吃的用的都不错，可是那个老板对我在钱的控制上还是挺严的，给我的零花钱也不多，不过我还攒了一些，只有三千块钱，一会儿我给你拿去。

不行，我都拿走了你怎么办呀？林中云赶紧说。

杨小叶把头靠在林中云的肩膀上，我还不好办吗？这么好的房子住着，有吃有喝的，用不着花什么钱，不管怎么说还是给你母亲看病要紧呀。

杨小叶平平常常的几句话，让林中云的心头一阵发热，他不敢抬起头来看杨小叶，因为他觉得杨小叶那真诚的目光像一把刀子使他这种丧了良心的念头受不了。

杨小叶站起身来向楼上走去。

林中云望着杨小叶的背影，在心里狠狠地骂了自己一句，你个狗日的林中云，你太不是人了……

梁怡萌接到林中云的电话，林中云在电话里说自己正在抓紧给她联系老师，让梁怡萌抓紧练几首像样的歌，到时候让老师给听听，还特意嘱咐梁怡萌见着老师的时候不要紧张，一定要正常发挥，梁怡萌激动地回应着。

梁怡萌现在需要马上做的那就是练歌，就是要以最好的姿态面对那个老师。

梁怡萌不知道林中云给他找的那位老师是哪个学校的，在这个圈子里有什么样的水平和威望，但是这一点她相信，肯定要比现在教他们的这个高原歌要有名气，影响要大，这就足够了。

梁怡萌再次庆幸那天在地铁上的见面，这真是缘分，这种缘分给她打开了事业和人生的另一扇大门，如果不是那次去孟老师家上视唱练耳，如果地铁上不是那么挤，如果……梁怡萌在心里不断地这么假设着，她越假设越觉得自己是幸运的，这马上就要有一个老师，对了，还是一个很权威的老师要听她唱歌了。现在除了唱哪首歌，能唱得怎么样她还没有完全的把握之外，对其他的她充满了信心。她甚至想忍不住地把这个消息告诉自己的父母，但是她还是忍住了，因为事情还没有发生，究竟在那个老师面前能唱得怎么样，取得怎样的效果和评价，她现在还不知道。

梁怡萌急切地盼望着这一时刻的到来，她按捺不住自己激动的心情，她这时又想起了张杨，从入学以来自己每一次练声和练歌都是张杨给她伴奏，现在如果自己再去找他……

梁怡萌有些为难了，如果再找张杨的话，即使张杨同意，那其他同学看见了又该怎么说、怎么想呀？

那就找别人吧，那找谁呀，别人谁能像张杨弹得那么好，和自己配合得那么默契呀？

梁怡萌又有些后悔了，她后悔自己不该和张杨冷淡得这么早，应该再拖一段日子，让张杨再帮她把歌练好，等那边什么事情都定下来，有一个基本眉目再说，可现在那边没有完全着落下来，这边的张杨又被我……

梁怡萌走到外面，伸手摸着已经有些干枯的丁香树，陷入了两难的境地。

当杨小叶把那三千元钱递给林中云的时候，林中云还是坚持着给杨小叶写了一张借条。

你这是干啥呀，难道咱们两个人的关系连这三千元钱都不值吗？你就是不还我，我还能去追着朝你要这笔钱吗？杨小叶望着林中云的眼神还是那样热烈。

林中云把钱放在衣袋里，站起身来拉住杨小叶的手，他搂着杨小叶轻轻地亲吻着、低语着，谢谢你，真的谢谢你了。

看看你，都这么大人了，不就是这几个钱吗？再说了，这又不是干别的，是给你母亲救命啊，别说你还要还我，就是咱们朋友一场，这笔钱我就是拿出来，不也是应该吗？

杨小叶说得合情入理，可这话在林中云听来，就像是对他良心的一种声讨和审判。

林中云知道自己现在的良心还是热的，还没有完全丧尽，否则的话，听了杨小叶的话他便不会动心动情，可是没有办法，谁让我那么喜欢那个梁怡萌呀。

站在他对面的杨小叶当然不知道林中云现在的思想活动，还是一往情深地走过来拉着林中云的手，一步一步地向楼上的卧室走去。

林中云每迈一个台阶，脚步都觉得十分沉重，他真是觉得对不起身边的这个女人，这个浑身散发着香味的女人，这个委身于外国大老板却心里还一直牵挂着还在帮助他的女人。

林中云想，我现在唯一能做的、唯一能报答的那就是让你杨小叶满足和高兴，想到这里林中云便重新抖擞精神，跟着杨小叶走进卧室。

手里有了这三千元钱之后，林中云心里有些踏实了，他觉得用这笔钱最起码可以让梁怡萌见见音乐学院的某位老师了。不管事情成不成，最起码梁怡萌以后对他林中云肯定会另眼相看了，他不是那种光会说不会干的人，而且他现在干的正是梁怡萌昼思夜盼的事情。站在那空旷的大街上，林中云想着他进修的时候认识的几位老师，从那几位老师中他要选择一个把这笔钱送上去。

想起他在音乐学院进修的那些日子，他现在都感觉有些惭愧，说是进修还不如说是去瞎混了几天，倒是接触了几个老师，可是哪个老师听了他唱的歌之后，都是皱着眉摇着头。倒是最后一位老师跟他直截了当地说，小伙子呀，我看你不应该学这个，你把你这个当成一个业余爱好就行了，如果你现在这个条件，还是要花钱找老师学下去的话，你将来会后悔的。

正因为林中云听了那个老师的话，才下定了最后的决心，那就是和他所热爱的声乐彻底告别。

自己来的地方是太小了，连当时他的启蒙老师也没有听出他真正的潜质不在这里，当年就觉得唱歌的时候谁的声大、谁的嗓门高，就是好，现在看来，远远不是那样。

自己这条路是彻底堵死了，而现在自己却要为别人打开这一扇门，林中云在那里苦苦地思索着，对，他终于想好了，就找那个叫张云良的教授。

张云良也是他林中云进修期间接触到的一个老师，看着面相还算和蔼，说话也不那么刻薄，同学们背地里对这个老师评价也不错，都说那个张云良老师挺随和的，对哪个学生也不像有的老师那样一发火就拳打脚踢的，尤其是一些女同学对张云良教授的绅士风度都很感激。

林中云用手摸了摸衣袋里的那叠钱，他这一刻好像又触摸到杨小叶的肌肤上，他知道这笔钱杨小叶是怎么得来的，而现在自己却要拿着这笔钱为另外一个女人去铺路。我他妈太不是东西了，林中云在心里这么骂着自己。

他的决心最后还是下了，他决定回去收拾一下自己，就去拜访那个叫张云良的教授，正好明天是星期天，如果答应的话，明天他就可以带着梁怡萌到张教授家去了。

想到这里，林中云欢快地蹦了几下。

回到住处之后，林中云就迫不及待地给梁怡萌打了电话。

真的吗？你跟我再说一遍。梁怡萌对着手机大喊着。

当梁怡萌真正确定了明天就可以在林中云的带领下去拜访那个张教授的时候，梁怡萌不知道说什么好了。

她没有想到昼思夜想的机会终于来了，她下意识地望了望周围，看看有没有别的同学在场。这种事情是要绝对保密的，不能跟任何人说，如果说了的话，别人肯定会不顾一切地和她去竞争，那将来还说不定会发生什么样的变化呢。

梁怡萌关掉手机之后，一个人悄悄地走到操场上，她要在这里平静一下自己狂跳的心。

梁怡萌站在那里什么也不想什么也不看，紧闭双目地站在那里。

林中云的那张脸又出现在她的意识里，看来这小伙子真是不错呀，这么快就给自己办成了这么一大件事情，这可真是没有想到。

梁怡萌知道自己现在最要紧的是什么，那就是在去那个张教授家之前，把那两首歌再好好地练一练，把那几个平时处理不好的地方再好好地打磨打磨，争取明天在那个张教授面前展现出自己最优秀的一面，说不定老师一看我唱得好，会欣赏我、会器重我，将来可能会把我留在身边，如果这样的话，那这次将对自己产生决定性的历史意义。

梁怡萌走回宿舍，打开衣箱选择着。

她现在后悔自己就怎么没有问问那个张教授是多大年纪，喜欢学生穿什么样的衣服呢，如果再把电话打过去，又觉得……

梁怡萌在心里说还是我自己来选吧，这种事情也是听命由天的，那就看一看我的运气吧，如果我的运气好，那就证明我和那教授心有灵犀了，梁怡萌一边想着一边翻着衣箱里的衣服。

梁怡萌把那些衣服一件件地摆到床上，站在那里欣赏着、品味着。

哎呀，你这是干啥呀，要进行服装展览呀？林小雨不知道什么时候出现在梁怡萌的身后。

你看你，进来也不吱一声，吓了我一跳。梁怡萌头也没回还在望着那些衣服。

你这是干啥呀？把箱子底都折腾出来。

明天不是星期天吗，我要去市里见一个人。

梁怡萌说得很平静，而林小雨听了之后却大惊小怪地问，什么，去见人？见的什么人哪，是不是你的男朋友呀？

瞎说啥呀，谁的男朋友啊，是我的一个表叔，在市里上班，正好方才打电话要我到他家去一趟，吃顿饭，是我父亲认识的。

哦，我还以为……林小雨摊了一下双手，那就用不着怎么隆重，就凭你梁妹妹这种天生丽质，随便穿一件就行了，又不去看你的情郎哥，又不是去看演出、登舞台自己去搞独唱音乐会。

梁怡萌摇摇头，那也不行，我这是第一次登人家的门，总不能太随便吧。

那也是，要不我帮你选选，就这件挺好。

林小雨说着，指了指那件黑色的衣服。

这件是黑的，不太好吧？梁怡萌望着林小雨。

怎么不好，你这几套衣服穿在你身上的时候我都看过，我就觉得这件挺好的，既合体又显得有品位。

是吗，你说的是真话？梁怡萌有些不放心地问。

林小雨很认真地望着梁怡萌，你看看你，这种事我还能蒙你呀，你放心，不信你现在就穿上，到咱们班里走一圈，让别人看看，如果我说错了，我输给你一包巧克力，怎么样？

行，听人劝吃饱饭，我就听你的。梁怡萌一边说着一边真的拿起那件黑色的衣服穿在身上……

林中云和梁怡萌依然是在西直门地铁站门口相见。

这次相见又比上次更近了一步，林中云走过来轻轻地拥抱了梁怡萌，梁怡萌也没有躲闪。

林中云轻轻地在梁怡萌的脸上亲了一下，梁怡萌感觉到有些不自然，望了望周围的人，她看到周围所有的人都行色匆匆，根本没有人看她，这时梁怡萌才觉得心里踏实了一些。林中云拉着梁怡萌的手走到外面，走到街上的时候，林中云的手也没有放开。

梁怡萌本想把手挣脱出来，可是林中云的手拉得很紧。

梁怡萌不好意思在这种时候非要把手抽出来，她知道这次林中云是为了她的事情，出于回报和感激也只能是跟着他。

方才林中云在亲梁怡萌的时候，梁怡萌真是一点儿这方面的准备都没有，她就觉得有些尴尬和难为情，并没有像很多书里和电视里演的那样感到激动。她跟在林中云身边走着，还想着方才见面的那个情景，这一刻她甚至想到了她从心里并不是非常喜欢这个林中云，否则的话她就会一将这个人放在第一位，不会把这个人给她办的什么事情放在最前面。

林中云兴奋地往前走着，他当然不知道梁怡萌现在的思想活动，他已经把那三千元钱的两千元放到了张教授那里，并和张教授说了那么多好话，张教授才勉强地点了头，约好今天上午十点钟在张教授的家里见面。

林中云对这次梁怡萌和张教授的见面，抱着很大的希望，如果通过他的介绍和搭桥为梁怡萌办成这件事的话，那么他林中云在梁怡萌心目中的形象肯定顿时会高大起来，那对下一步两个人关系的发展和确定将是至关重要的。

林中云觉得今天的北京天空格外湛蓝，这可能是老天给他的一个预兆，让他在这条路上能够旗开得胜。

想到这里，林中云侧过脸来问梁怡萌，你准备得怎么样了？

还那样。梁怡萌平静地回答着。

千万别紧张，我跟你说，张教授这个人没架子，你就大胆地唱，正常发挥。林中云不厌其烦地嘱咐着。

行，我听你的。梁怡萌点着头，就像一个听话的小学生。

梁怡萌选的歌是《兰花花》和《又唱浏阳河》，两首歌唱完之后，张云良教授在那里没有马上说话。

梁怡萌忐忑不安地望着张教授。

张云良想了一下，又望了一眼林中云，她的自然条件还可以，只是……只是她在有些发声的处理上还不够到位，很多东西还应该再继续努力，你刚上艺术学校，也难怪，好好地和你们老师学。对了，你们的高老师我也熟悉，他教得不错，你回去之后就和他说，就说自己的高音区还要再加强一下，低音区还不够稳定。

老师，我记住了。梁怡萌不断地点着头。

张教授，您看将来她……她能不能考您的学校或者将来您……

林中云在旁边望着张教授，说得异常恳切，虽然那些话说得不完整，但是几个人都能听明白林中云要表达的意思。

这是将来的事情，不是还有两年吗？这两年你要好好学，将来报考哪个学校都是可以的，当然了，如果报考我们学校，有什么困难到时候你也可以再来找我。

一看张教授把话说到了这种程度，林中云和梁怡萌当然是喜出望外。

两个人走出张云良教授家门的时候，都抑制不住心头的喜悦，互相拥抱一下，又击掌相庆。

怎么样，还行吧？

林中云望着梁怡萌。

谢谢你了，今天这个机会对我来说太宝贵了，真的。梁怡萌热烈地望着林中云，走过来挽住了林中云的臂膀。

咱们得庆祝一下，你想吃什么？林中云抓住梁怡萌的一只手轻轻地问。

今天我得请你，真的。

你一个学生，请我干什么呀，不管怎么说我可是上班的，还是我请你吧。林中云坚持着。

行，那我就听你的，我将来会报答你的。梁怡萌不知道说什么好。

看看你，说着说着就远了，我还用你报答吗？林中云说着用热烈的眼神望着梁怡萌。

梁怡萌当然能够读懂这眼神里的内容，她不能马上回应这种目光，因为她知道这种回应是什么样的代价，那就是一种承诺，这种承诺太沉重了，她现在还不能走出这一步。

两个人就这么哼着歌大步地向前面的那个饭店走去。

梁然从北京回到沈阳的时候，天已经黑了。

当他兴高采烈地推开家门的时候，妻子董玉敏已经做好了饭菜在那里等着他。

哎呀，还有红酒呀，对，咱们今天是得好好庆祝。

梁然洗完手之后，高兴地坐在饭桌旁，拿起那瓶红酒倒在杯子里。

你在电话里不说了吗，咱们女儿进步很快，老师都表扬她了。董玉敏系着围裙笑盈盈地走过来，今天我特意做了几个你愿意吃的，你也辛苦了。

看你说的，跟我还客气，我不是当爸的吗，这是应该的！梁然轻松地说着。

夫妻俩坐到桌子旁举起酒杯。

对了，你看咱们女儿除了学习之外，她有没有跟你说别的事啊？

说什么呀？梁然有些不明白。

董玉敏指着丈夫，你这当爹的就是粗心，女儿都这么大了，我还能问你别的呀？

除了学习，再就是生活，梁然一边思索着一边望着妻子。

你看你，我问你，咱们女儿今年多大了？

这还用问吗？十八了呗，梁然回答得很干脆。

你还知道呀？董玉敏乐了，那我问你，你十八的时候和你们班的女同学发生过什么故事没有啊？

哦，你看看，你问的是这个呀。

梁然恍然大悟。

怎么，这个我不能问？你这个当爹的就是粗心，你看咱们女儿长得那么漂亮，现在又是学艺术的，这种事情能少得了吗？

梁然一拍脑袋，你看看我，我真是忘问了，对，这种话我也不好意思问呀，等她下次回来的时候还是你这当妈的问吧。

董玉敏端起酒杯，算了，我也不跟你说了，当年你自己在中学时候搞对象一个顶俩，现在自己女儿的事倒不管了，等她回来吧，我再好好问问她。

我以为这种事情还早呢，因为她还没上大学，我不早就跟她说了吗？处男朋友的事只能等到上大学以后再说。

现在都什么年代了，哪家的孩子还等到你说的那个上大学的时候呀？你没听说吗，现在小学生都写情书。

是啊，现在她的学校离咱们这么远，谁知道呀。

所以咱们得帮她好好地把把关，等她回来的时候我要好好地说说她，就是处理，也应该有个原则有个条件。

这倒是，梁然说着，喝了一口酒，你别说，你这当妈的心就是细。

董玉敏很认真地望着丈夫，我不仅是当妈的，我现在还是当老师的，当老师的接触到的事情就比你们多，尤其是这方面的。我跟你说吧，这个事啊，咱们从现在开始就得好好地琢磨琢磨。

梁然点点头，是啊，这个事我看咱们真是得重视起来了。

桌子上那几盘精美的菜肴，吃得林中云和梁怡萌两个人赏心悦目、热火朝天。

看看你吃的，我看着都高兴。林中云笑着望着梁怡萌。

梁怡萌大口地吃着，嘴里塞满了食物还在不停地说着，是啊，我们学校的伙食巨差，前些日子都闹得罢饭了，学校才不得不改善一下。

那你就多吃点儿，这样学起课来才有劲。

梁怡萌乐了，我真怕吃多了净长肉，到时候还得减肥呢。

没事，你就是再长十斤，也看不出来，你个儿高。

梁怡萌很得意地点了点头，是啊，在我们班我的个儿是最高的，那几个矮个儿的，常常忌妒我。

是啊，别说是你的同学呀，我看着你的个头都眼热。

梁怡萌笑了，指点着林中云，你说的啥呀？

这次也算是有了一个良好的开头，怎么样，这回高兴了吧？林中云望着梁怡萌。

梁怡萌高兴地大口吃着东西，那还用你说，我就盼着这一天呢，可是张教授不是说了吗，我还是有很大的差距呢，说起来我也挺着急的。

你急什么呀，张教授不说了吗，有时间你就过来，这事包在我身上了。林中云很大度地说着，又把自己盘子中的一个鸡腿递给了梁怡萌。

你干啥呀，你想让我成一个大胖子，将来怎么办？

林中云眼睛望着梁怡萌，你不管是胖是瘦，在我眼里你都是最美的。

你别净挑好听的说，我哪有那么好？

林中云吃着东西，还是在目不转睛地望着梁怡萌，你难道不知道自己长得多美吗？自从我见了你第一面，我这脑子里全是你。

我不跟你说了！梁怡萌故意装着生气的样子，我得回去了，要不，回学校就晚了，她们又该说我了。

怎么，你还怕别人说？对了，你是不是对咱们两个认识的事情还对同学们保密呀？林中云认真地说。

梁怡萌点点头，咱们这才认识几天，我跟人家说这些干啥呀？

不说也好，等咱们将来……林中云想说下去，可又不知道怎么表达才更准确。

我可要走了。梁怡萌看了看手表。

行，我送你。

两个人走出餐厅，在路上还是拉着手。

梁怡萌还是有些不习惯，她想挣脱林中云的那只手，使了好几次劲，可是林中云的手还是拉得很紧。

终于到了汽车站，正好一辆汽车开过来，林中云才不得不松开手，但马上又搂过梁怡萌，把梁怡萌搂在怀里轻轻地抱了一下，小声地说，我喜欢你，咱们电话再联系。

梁怡萌上了公共汽车，看见林中云还在车下朝着她挥着手。

汽车里的人很多，梁怡萌被挤来挤去的，这时她又想起了和林中云第一次见面的情景。

说来也怪了，今天留给梁怡萌心里的感觉就和以前不一样了，以前虽然见到林中云的时候，并没有什么不好的感觉，但是在她心里基本没有那种激动的感觉，可是今天她望着渐渐和她远离的林中云，心里居然有一种不舍。

梁怡萌努力地向后面的车窗望去，看见远处的路边上，林中云还是站在那里。

六

梁然回到家里很高兴的样子，董玉敏已经把菜饭做好了正在往桌子上端。

看你高兴的样子，是不是有什么喜事啊？

梁然望着妻子，把皮兜放在沙发上，我今天又和女儿通了电话，她的情绪很好，说老师又表扬她了。

你的心里除了工作就是女儿，从来不想想人家。董玉敏一边往桌子上摆着碗筷一边故意噘着嘴说。

你瞧瞧你，和女儿争什么呀？你们俩在我心里都是最重要的，再说了，在我和女儿两个人中间，你不也是把孩子放在第一位吗？

董玉敏乐了，人家逗你玩呢！

两个人坐下来开始吃饭。

董玉敏突然停下筷子，说起来咱们萌萌再有两年就该考大学了，你说说咱们手里这俩钱，将来如果考大学的时候不是还得找人吗？还得补课，可是咱们现在……

车到山前必有路，船到桥头自然直，到时候咱们再想办法。梁然胸有成竹地说。

我怕到时候就来不及了，我看还是先准备好，要不，等将来找人也好办事，拿不出钱来可就麻烦了。

梁然点点头，你说的倒也是，可是咱们到哪里去弄钱呀？

这些日子我就想，要不咱们在家里办个什么班吧。董玉敏说着。

什么，办班？梁然有些吃惊，办什么班啊？

你瞧瞧你，怎么这才几天的事情就忘了，咱们女儿在考艺校之前，不是找那么多老师补过文化课吗？董玉敏望着丈夫，现在从小学到中学，你没看到那些家长吗？都想办法给孩子找补课的老师。

你原来说的是这个呀，那才能挣多少钱呀，梁然有些不以为然地说。

不管多少，总比没有强呀，咱们早下手，慢慢攒着。再说了，咱们现在也没有别的出路呀，你说呢？

梁然点点头，这个事咱们再考虑考虑，实在想不出更好的办法，你说的这个也是一条路子。

梁怡萌刚从公共汽车上走下来，手机便响了。

梁怡萌一看电话号码，便知道是林中云的。

林中云在电话里说刚和梁怡萌分手，就非常想她。

梁怡萌对着电话咯咯地乐了，想什么呀，人家回去还要上课呢，再说了，你也得上班呀，以后的日子长着呢。

林中云在电话里还是说个不停，梁怡萌故意装出生气的样子，好了，我不跟你说了，我马上到学校了，人家等着我练琴呢。

梁怡萌关掉手机，大步走进校园。

天已经渐渐地冷了，丁香树很冷清地站在那里，显得很孤单。

梁怡萌走过去用手摸了摸，树枝很硬。她想，春天的时候，这里是一种什么样的情形，可是变得真快，转眼之间就快到冬天了。

这是谁呀？哎呀，原来是梁妹妹呀，在这里多愁善感呢！

梁怡萌在那里正沉思着，身后传来一个男人的声音。

梁怡萌回过头来看见彭程站在那里。

你瞎说什么呀！我在这里想点儿事。梁怡萌瞪着彭程。

你想什么事啊，你知道吗，这些日子你可把我们哥们儿坑坏了。

梁怡萌当然知道彭程说的哥们儿是谁，便勉强地笑了笑，谁坑谁呀？再说了，咱们现在才多大呀？

你别说，我看张杨那小子对你可真是动了真的了，要不然的话他不会痛苦成那个样子，彭程还在说着，不过这两天我看他稍微缓过来一些，我可跟你说，你如果对人家没有那个意思，以后就不要去招惹他了。

梁怡萌点点头，你的话我记住了，我不会的。

对了，我想问问你，既然张杨……彭程盯着梁怡萌，还想说下去，可是一时想不出恰当的话语，憋了半天才冒出一句，那你心里的男孩子的标准到底是什么样呀？

你都在说啥呀，我有什么标准？我不跟你说了吗，咱们现在还小，梁怡萌瞪着彭程，你说你，才多大呀，正学习呢老想这事干啥？

哎呀，怎么这转眼间你就成了梁主任，或者梁老师呀，说起这些道理，好像你是我长辈似的，彭程故意开着玩笑，你说你，还小，我跟你说吧，我第一次谈恋爱的时候，是刚上初中一年级，咱们现在都是高中生了，再说了，和高中生还不一样，咱们是艺校，学艺术的，你懂吗？

学艺术的又怎么了，难道就不一样？我不明白。

彭程望着梁怡萌，你呀，连这个都不懂，学艺术的当然感情丰富，这方面能和普通的高中生一样吗？现在我回到我们学校的时候，我的那些同学谈起这方面的事啊，那可真是小弟弟小妹妹，他们真是差远了。

算了，我不跟你在这里磨嘴皮子了，别的本事你没学会，这方面呀，我看你是一个顶俩。梁怡萌说完转身向教室走去。

林中云不得不回到自己的住处，每当他走进那间房子的时候，他的心里就有一种莫名的难受。

刚刚在街上和梁怡萌分手的时候，他的心情还是万里晴空，可是一走进这间房子，便成了乌云密布。不过这里也真是太糟糕了，别说是和杨小叶的那幢别墅相比，就是和别人家普通的人家相比，自己住的这间房子，充其量也就是一个放破烂东西的仓库，可是自己还不得不在这里忍受着。

林中云什么心情都没有了，他在抱怨着自己，接着又抱怨自己的家庭，如果父母也是当大官的，或者能挣了很多的钱，我便不用这么漂着了，也不会遭这么大罪找不到什么出路了。接着他又抱怨起社会，觉得这个社会不公平，摆在他林中云面前的机会太少了，别人不管干什么都是那么顺当，而自己干什么都是这么坎坎坷坷，不说别的吧，剧组去了那么多，怎么就没有一个导演看上我呢？哪怕是能演上一个三流的角色我的生活也不至于这样呀。可是转念一想也难怪，自己根本没有学过影视的表演，完全是看着电影和电视，做着一些机械的模仿，按说那不叫表演，充其量也就是一个模仿秀。曾有个朋友跟他说过，要想学表演的话，那是另外的一套路子，必须上专业的学校找专业的老师给你点拨一下。

可不管学什么，自己连生活费都成问题，上哪儿整那笔钱当学费呀。而现在身边突然又出了这么一个梁妹妹，为了得到这梁妹妹的欢心，自己现在又背上了一大笔债。林中云想到这里，又摸了摸兜里的那叠钱，除了交给张云良教授的之外，林中云特意留下了一千元，他觉得下次再到别墅去的时候，应该给杨小叶买点儿什么礼物。还有，手头宽裕点儿，等下一次再见到梁怡萌的时候，不管梁怡萌喜欢什么，是吃的或者是用的，总不至于自己窘迫得连钱都掏不出来。

林中云这样想着时，手机突然响了。

谁呀？哦，是你呀！林中云听出电话那边是杨小叶的声音。

杨小叶在电话里故意装着生气的语气，怎么，是不是又和哪个漂亮的小姑娘在一起？刚刚从我这里走，就把我给忘了。

看你说的，我怎么能忘呢？这不是吗，从你那里借的钱，我刚给家里寄去，我父亲来电话说刚收到，太谢谢你了。对了，我一定抓紧还你。

林中云说得很认真，他自己都觉得自己现在编起谎话来怎么就如此合情合理，一点儿漏洞都没有？

不用忙，什么时候有什么时候算，杨小叶在那边依然是那种语调说着，你干啥呢？没事你就过来吧，我这里又买了好吃的。

林中云本想马上答应她，可转念一想，便回答杨小叶说，现在有一点儿特殊的事情，要不明天到你那里去吧！

杨小叶显然有些失望，在挂电话之前，林中云还听见那头叹了一口气。

林中云甚至有些后悔，为什么不答应马上过去呢，按说杨小叶对自己真是挺够意思的，不仅把自己的全部都交给了我，还借给我那么多钱，看来杨小叶也真是不错的。

可话已经说出去了，我总不能马上就去吧？再说了，如果答应得这么痛快，那也太让人家瞧不起我了，必要的时候，这个架子还得要端一端。林中云当然知道自己现在在杨小叶那里的地位，不可能比上人家那个新加坡的大老板，他林中云充其量也是在那个大老板离开北京之后，在杨小叶的生活中做一个补充而已。

想起这个，林中云对自己的处境显然感到有些悲凉。

杨小叶刚放下电话，外面便传来敲门声。

杨小叶感到纳闷，这是谁呀，这个时候敲我的门。

杨小叶走过去把门打开，她顿时惊住了，是新加坡那个大老板孟庆生突然站在了她的面前。

杨小叶张开双臂扑到了孟庆生的怀里，人家都想死你了，怎么才回来呀？

孟庆生一边往进走，一边拍着杨小叶的脸，我也想你呀，小乖乖，怎么样，过得好吗？

你自己不是有钥匙吗，还敲什么门呀？杨小叶突然想起来，便这样问着孟庆生。

我的钥匙在包里不好拿，我一想你肯定在家。

孟庆生一边往屋里走一边环顾着屋子四周，我得检查检查，我不在家这些日子，是不是……

杨小叶又扑过去抱住孟庆生的一只胳膊，你说啥呢，你把我看成什么人了，你检查吧，如果你检查不出一个人来，我跟你没完。

孟庆生又拍了拍杨小叶的脸，宝贝儿，我跟你开玩笑呢。

孟庆生脱去外衣坐在沙发上，杨小叶赶紧走过去给孟庆生冲好一杯咖啡，快喝吧，解解乏。

孟庆生端起咖啡喝了一口，定定地望着杨小叶，我回家这些日子真是挺想你的，我老婆还在审问我，为什么这么快就要回来，我就编理由，她说我这边肯定有人，我就跟她说根本没有。

杨小叶咯咯乐了，你就编吧，我看你能编到什么时候。

孟庆生摊开双手一脸无辜的样子，那你让我怎么办，难道我把你领回家去，就跟她说，这是我新认识的情人？

如果你有这个胆，那我就敢跟你回新加坡。

杨小叶回答得也很坚决。

孟庆生伸出手来拉住杨小叶的手，杨小叶顺势坐到孟庆生的怀里。

你呀，这个胆你肯定有，可是我不行呀，你知道吗，我新加坡公司里的家业，那可都是我老婆家的。我一个人闯到新加坡的时候，那是典型的穷光蛋，所以这天底下我谁都敢得罪，就是不敢得罪我的老婆，你能理解吗？

杨小叶亲了一口孟庆生，这个我当然能，如果没有你老婆，你现在所拥有的一切都会化为乌有，是这个意思吧？

行，还是你聪明，所以呀，咱们的事情还得瞒着她。可是你知道，那边是有利益在控制着我，再就是我和她结婚毕竟二十年了，不是有那么句话吗，没有爱情还有亲情呢，何况她还给我生了两个宝贝儿子。而你这边，这可是我这一生当中第二次真正的爱情，你看看，我花这么多钱买的这房子，你就应该知道我这心是怎么想的了吧？

那能不知道吗？人家对你也是全心的呀，你说呢？

孟庆生点点头，这个我信。

走吧，你也挺累的，我给你做点儿吃的，然后咱们就休息。杨小叶从孟庆生的怀里站起来，拉着孟庆生的手。

我在飞机上已经吃过了，一点儿也不饿，现在就想和你……

杨小叶走过来拉住孟庆生，那走吧，咱们上楼，对了，你得先洗洗澡吧，我马上就给你放洗澡水。

两个人互相搀扶着向楼上走去。

杨小叶走到卫生间里，一边放洗澡水一边拨通了林中云的电话，她小声告诉林中云，说孟庆生已经回到了北京，让这几天不要联系她，等孟庆生走了之后她会主动打电话给林中云的。

林中云庆幸自己方才没有马上到杨小叶的别墅去，如果去了的话，那可真是麻烦大了。

林中云现在不得不想一想他和这两个女人的关系该如何处理。

杨小叶非常明显在心里给他林中云留了位置，可梁怡萌现在还是个学生，将来两个人能发展到什么程度现在还是未知数，可自己感情的天平已经倾斜到了梁怡萌这边，但是怎么才能把梁怡萌的那颗心给俘获过来，看来还要花一些工夫。

接触几次之后，他觉得梁怡萌这个女孩还是很纯的，心里没有那么多社会上流行的东西，还不像那种成年的女人那么俗气，可现在她就是要学习，要考上一个她喜欢的好大学，而自己恰恰是利用了这一点，才使两个人的感情逐渐拉近了。虽然现在还没有看出梁怡萌对他如何反感，可是平心而论，他也感觉到梁怡萌并不是从心里喜欢他，只是觉得他林中云还是可以帮她梁怡萌办一些事情的，最起码在她学艺术的道路上是她的一个帮手。

要想和梁怡萌继续走近的话，那么还要想方设法在这方面做努力，那做努力就是靠一个字，那就是钱。这第一次的钱我还是借的，那将来可怎么办？

为了一个钱字，林中云又陷入了深深的痛苦和无奈之中。

一进教室门口，梁怡萌便看见张杨和林小雨正头挨着头在那里看着书。

虽然从感情上并没有和张杨陷得很深，而且都谈好了两个人以后就是普通的同学关系，可当她第一眼看见张杨和林小雨挨得那么近的时候，梁怡萌的心里还是有些不是滋味，就像自己兜里一个心爱的东西被别人生抢硬夺拿过去一样。

刚才还是满心欢喜的情绪，陡然之间变得冷下来。

梁怡萌默不作声地坐在自己的书桌前，从里面拿出书本翻看着。

林小雨和张杨故意在那里大声地说着，好像就是让她梁怡萌听见似的。

梁怡萌斜着眼睛向那两个人望了望，林小雨旁若无人地和张杨在商量着功课上的事情。

梁怡萌觉得心里别扭，便拿了两本书走出教室。

梁怡萌并没有回宿舍，而是直接进了琴房，因为这个星期的视唱练耳课马上就要到了，她得赶紧准备一下了。

这时她又想起了张杨，每次上视唱练耳课之前，都是张杨帮着她，可现在她还能去找张杨吗?

梁怡萌站在琴房门口停住了脚步，不行，不管怎么说不能再去找人家了，那就找彭程吧，看来也只有找他了。

梁怡萌从琴房的门口挨个望过去，终于在另外一个琴房里找到了正在弹琴的彭程。

彭程一看梁怡萌走进来，便停住望着梁怡萌，怎么，你是不是……

虽然彭程的后半句话没有说出来，但是两个人都非常清楚是怎么回事。

梁怡萌点点头，我后天就上视唱练耳课了，我想……我想让你帮我练练。

没说的，行，那我就帮你练一会儿。彭程很爽快地答应着。

梁怡萌很感动，站在那里望了一会儿，行，那咱们就开始吧。

杨小叶和孟庆生亲热之后，两个人都感到很累，躺在床上喘着气。

真是不一样，就是不一样，孟庆生闭着眼睛感叹着。

杨小叶也没有睁开眼睛，而是把另一只手搭在了孟庆生的胸前，怎么不一样啊？你说说看。

只可意会不可言传，这个你不懂。孟庆生卖着关子。

杨小叶忽地一下又爬起来扑到孟庆生的身上，不行，我必须让你回答我，你快说。

孟庆生也乐了，你看看你，真的，真的不好用语言表达，反正不一样。这么跟你说吧，这就像吃两种好吃的东西，孟子不是说过吗，一个是鱼，一个是熊掌。

那你说，我是什么？杨小叶盯着孟庆生。

那还用说吗，你肯定是熊掌呀，我老婆只是鱼，这回你该满意吧？孟庆生伸出手拍了拍杨小叶。

杨小叶又翻下来躺在旁边，这还差不多。

对于杨小叶的热情和温柔，孟庆生自然非常高兴，但他还有一个感觉，那就是这次杨小叶的表现有些和以前不一样，好像有些东西是故意装出来的，这让孟庆生有些担心，是不是他离开这些日子，杨小叶身上发生了什么事情？

杨小叶是个聪明的人，当她从孟庆生的眼神里看出了孟庆生的疑虑，杨小叶便更加表现出对孟庆生火一样的热情，而且在孟庆生的耳边不断说着悄悄话，说原来对孟庆生还没有这种感觉，自从这次分别之后，这种感觉才日益明显，让她自己都无法控制。

孟庆生听了杨小叶的话之后，虽然有些相信，但是又不能完全相信杨小叶的话。他在想，自己始终要穿梭在新加坡和北京之间，而花了巨资买的这套别墅和包养的这个杨小叶，是不是像这个姑娘所说的那样，全部心思都在自己的身上。凭着他多年的经验，和别人所提供给他的教训，让他不得不多留了一个心眼，他要想一个万全之策，对这个杨小叶有所防范。

杨小叶对孟庆生的要求其实也很简单，那就是靠着孟庆生现在给她提供的优越的生活条件，她要好好地享受，再就是她要尽可能地让孟庆生满意，在孟庆生高兴之余，能多给她一些钱，她把这些钱攒够之后，一旦她和孟庆生无法继续走下去的时候，她有一条可以进退自如的道路。

杨小叶就这么现实地想着，当然在她感情深处，对林中云也并不是完全放弃，林中云可以做她感情的一种填补，可是她也看出来了，林中云在事业上真正要想获取成功是何等的艰难。

彭程尽管非常用心地为梁怡萌伴奏，可彭程和梁怡萌还是能够感觉到配合得不够自如和融洽，尤其是梁怡萌感觉到彭程不管怎样努力，弹琴的水平比张杨还是差得很远。两个人正在练着，旁边的琴房里传出琴声，梁怡萌对张杨的琴声太熟悉了，从一开始她就断定旁边的那间琴房肯定是张杨在弹琴。

彭程也听出来了，是张杨在伴奏，林小雨在歌唱。

由于分心，不管是彭程伴奏，还是梁怡萌的演唱，都不如方才那样专心了。

梁怡萌索性停止了练声，算了吧，今天就到这里吧。

彭程当然知道梁怡萌情绪的变化来自于哪方面的原因，便也站起身来，那好吧，我回教室去看看书。

两个人路过旁边那个琴房的时候，梁怡萌故意斜眼往里面看了一下，琴房里果然是张杨坐在那里弹琴，林小雨站在旁边唱着，两个人都很投入，都很忘情。

梁怡萌一边往外走着，心里一边折腾起来。

尽管她和张杨已经说得很清楚了，可是到了这一刻她还是忍不住心里不是滋味。

梁怡萌不知道张杨和林小雨究竟现在是演戏还是为了别的，因为梁怡萌也知道林小雨是有男朋友的，因为林小雨的男朋友曾到学校来过几次。

他们俩肯定是故意气我，可也用不着用这种办法呀，梁怡萌在心里默默地说着。她找不出更好的答案，在这个时候，她甚至不想两个人真正地处出感情来，尽管自己已和张杨说了分手的话。

梁怡萌已经走出很远了，还能听见张杨和林小雨的伴奏和歌唱声。

林中云一个人在街上闲逛着，天已经很晚了，满街亮起了霓虹灯，在这红红绿绿的世界里，每一个人脸上都很轻松和愉快。林中云这个时候又有了一种在他小屋里的那种感觉，那就是异常的冷落和孤单，在这茫茫的人海中，他没有熟人，在这里他找不到真正的温情。

这条路他太熟悉了，没事的时候他便喜欢一个人在这里走一走，可是每走一次他的心里的感受都不尽相同，现在日子一天一天像水一样地流过去，可自己的处境还停留在原来的地方，没有任何改善，他内心深处的那种焦急和等待让他不得不焦躁起来。

这时林中云的手机响了，他接起手机原来是一个朋友打过来的，那个朋友在电话里说一个剧组现在需要一个替身，因为原来那个替身昨天有病住进了医院，已经不能到现场参加拍摄了，可剧组的拍摄不能等。

林中云问那个朋友，那个替身需要做怎样的动作，对方说是要从三楼跳到下面的一个水池中，还要有那个人被打死之后大头朝下的那种感觉，问林中云愿不愿意干，给的酬劳是五百元，如果演好的话，可能达到一千元。

林中云拿着电话说，你让我想一想。几秒钟之后，他终于下了决心，告诉那个朋友，他同意去演这个替身。

关掉手机之后，林中云便在心里想，这个替身他真的没有把握，从那么高跳下去还要按照规定的动作，这是他从来没有过的，太大的危险当然不会有，因为小时候在家乡的时候他就学会了游泳，有的时候也爬到高处向河里跳着，可是已经很多年没有这样的事情了。他不知道这一跳会出现什么样的后果，是不是会被摔伤，还是会出现别的什么事情。

可是跳这一下就能得到五百或者一千元，这不能不说是从天上跳下来的一个不大不小的馅饼，他现在需要这个馅饼来充饥。现在这种机会对他来说也不是很多的，现在是市场经济，如果是在风和日丽的阳光下和情人去散步，那剧组便不会找替身了，正因为有风险，那些腕才自己不愿意干，他们有的是钱，可以来回避这种风险。

由此林中云想到这世道的不公平，可是没办法，很多不公平都是由于钱制造出来的，自己不就是囊中羞涩吗？如果我也是一个大款的话，我还用得着去冒这个风险吗？这样想着，林中云的心里多少感觉到了一些平衡，他在心里发着狠，我就不信我林中云一辈子就是这样，就是这样生活在社会的最下层。

林中云这时又想到了那些时常在街上看到的乞讨的人，自己的处境虽然和那些人相比要好得不知道多少倍，可在某种意义上讲，比他们也强不了多少，每一天这种漂的感觉时时在围绕着他，使他的身心不能稳定下来，没有一点儿踏实的感觉。这时他又想起了家乡的父母，在家乡尽管非常贫穷，日子非常艰难，可那是实实在在的家呀，那是实实在在的老百姓的日子呀，可现在算什么？

就是空中的白云也有变成雨的时候，那就是要积攒水分，等待电流，在一阵闪电和惊雷之后，便能变成瓢泼般的大雨，这一天对我来说还有多久？

林中云一边走着，一边在心中期待着呼喊着，当然了，这一切都是静默无声的，可是林中云能够听清自己发自内心深处的这种呼喊和期待。

出发之前，梁怡萌又给林中云打了一个电话，说还想到张云良家去让张教授给听一听。

林中云对着电话说了好几个不行，当梁怡萌问他为什么的时候，林中云便赶紧说，你看看这才几天呀，张教授给你指出的那些你都改正了吗？如果你没有一个明显提高的话，这么频繁地去打扰人家张教授，会不好的，这对你将来的学习也是不利的。

梁怡萌觉得林中云说得有道理，可又说自己已经出发了，林中云便说今天正好单位里没有什么事，可以陪她好好过这一个上午或者一天。

还是满腔热情的梁怡萌听了林中云在电话里说的，心里顿时凉了下来，可是听说林中云能够陪她，心里便有了一些安慰和欣喜。

梁怡萌这一路上不停地想着，看来自己和林中云的相识还是值得庆幸的，不管怎么说，凭着林中云的努力，她已经见到了那个北方艺术学院的张教授，如果再进一步的话，她就可以见到那位大名鼎鼎的钱教授了。

想起钱教授，梁怡萌便在心里默数着和钱教授那个名字有关的很多明星，那些歌星都是梁怡萌崇拜的对象，如果自己什么时候也能投到钱教授的门下，只要经过钱教授的点拨，那自己说不定什么时候也会成为闪闪发光的明星了。

想到这里，梁怡萌默默地乐了，周围的人都很惊奇地望着她，梁怡萌便不好意思地低下头来，拿出乐谱翻看着……

昨天晚上，梁怡萌把最近学习上进步的好消息告诉了父母，还说自己认识了一个朋友，说这个朋友本事很大，已经领她去见了北方音乐学院的教授，说不定什么时候便能和那个有名的钱教授接上头。这样对自己将来考大学是至关重要的，因为很多人都知道，那钱教授只要说一句话，很多考生可以直接进入北方音乐学院学习。

梁然放下电话之后，一个担心的念头从他的脑海中滑过。

梁然马上和妻子商量，咱们家萌萌认识的那个人究竟是一个什么样的人？

两个人绞尽脑汁地猜测着，但是都没有得出自己认为最满意的答案，他们俩做了很多种设想和可能，但是在设想选择中，他们考虑最多的是那个人究竟是男的还是女的，最后确定肯定是一个男人。因为他俩都知道自己的女儿长得很漂亮，那么这个热情帮忙的人肯定是喜欢自己女儿的人，才肯这么为女儿出力。

当两个人说到这个话题的时候，母亲董玉敏便有些担心，咱们家孩子还这么小，如果遇上这个人不好，或者有什么别的坏心思的话，那……

虽然没有说出后半句话，但是梁然能够知道妻子要说的那些潜台词是什么意思，其实他的心里也在顾虑着这个，但是自己现在不在孩子身边，究竟是个什么样子，在电话里也不好说也不好问。

要不我看找个机会咱们俩抽个时间去一趟吧？董玉敏提议道。

我都请了多少假了，领导都跟我谈了，最近我们所里工作很忙，如果再请假的话，恐怕……

看到丈夫为难的样子，董玉敏终于下了决心，要不然的话，我去一趟吧。

也好，你到了那里要不露声色地试探一下，如果不行的话，我可以随时过去。

我还得和学校的领导说一说，再就是得找一个人给我代课，不能我走了把家里的孩子放羊呀。董玉敏一边思索着一边说着。

七

林中云把梁怡萌带到那个有名的北京炸酱面专营店。

梁怡萌一进屋，便皱起了眉头，因为这里面太吵了，尤其是那些面馆里的服务员，都是清一色的便装打扮，故意把每一声吆喝都喊出像京剧里的那种腔调，她实在不太适应这种嗷嗷乱喊的场面。

林中云当然看清了梁怡萌的表情，便在一旁解释着，这就是生活，这就是北京的特色，你不来怎么能了解呀？我跟你说吧，老北京就是这个特点，这可是很传统的。

梁怡萌在那里很没有心情地吃着，望着旁边那些来回穿梭的服务员。

林中云倒是吃得很香甜，说过两天就要去参加一个剧组的拍摄，这次的动作可能有一些风险。

梁怡萌便担心地关照林中云一定要注意，千万别伤着身体。

梁怡萌说得很真诚，那眼神里流露出很多关切和牵挂。

望着梁怡萌的眼睛，林中云有些感动，故意装出满不在乎的样子，没事，这样的事我以前就干过。

梁怡萌突然想起了什么，便问林中云，你们音像公司有的时候也去客串当演员呀？

林中云被问得一愣，便马上说，这有什么呀，咱们现在这么年轻，谁知道将来能干什么呀？现在我是什么都想试一试，看哪条路能走得更好，将来才做最后的选择。

梁怡萌觉得林中云说得有道理，便放心地点了点头。

两个人从炸酱面馆出来之后，梁怡萌本想马上回学校，可林中云还是拉着她走进了旁边的一家电影院，并说里面演的那个美国大片《金刚》很好看。

梁怡萌便跟着林中云走进了电影院里，两个人坐在了情侣的包厢里。

美国大片真是很好看，随着电影中剧情的发展，梁怡萌时而感叹，时而惊叫，最后看得梁怡萌居然泪流满面，尤其是金刚在那大厦上摔下的那一刻，梁怡萌扑到林中云的怀中抽泣起来。

林中云搂着梁怡萌轻轻地安慰着，看看你，真还动感情了。

梁怡萌一边抽泣着一边说，真是太感人了，别看那是猩猩，你看那情感，虽然那猩猩没有一句话，可是你看它对那个美丽女郎的感情，真是人类都无法相比。

林中云趴在梁怡萌的耳边悄悄地说，我告诉你，我就愿意当你身边那个大猩猩，必要的时候，我会豁出自己的性命保护你。

因为影院里太黑，梁怡萌当然看不清林中云说话时的表情，但是梁怡萌听了林中云的这句话还是异常感动，第一次主动地亲吻了林中云。

两个人从影院里出来之后，梁怡萌又提起了找个什么好的机会让林中云领她去见一见那个有名的钱教授。

林中云满口答应着，只要你学得差不多了，想见那很容易，只是那钱教授要求会更高，你准备得还应该更充分，否则的话人家会不高兴的。

这个我当然知道了，别说是钱教授了，就是教我们的高老师还动不动地发脾气呢，那些老师都这样，如果你唱得真正好了，他们可高兴了。

林中云笑着望着梁怡萌，其实我也等着这一天呢，如果你将来真是成了名成了腕儿，你能够记得我就行了。

你说什么呢，看你说的，我能成什么腕儿呀？如果有那么一天，我也忘不了你呀。

我相信，这个我太相信了。林中云也说得很真诚。

张杨把林小雨请到了学校旁边的小饭店里。

两个人面前摆着几样小菜，尽管很简单，但是两个人说得异常热烈。

要依着我，彭程也不要管她。林小雨突然气愤地说。

张杨摆摆手，那怎么行呀，如果是那样的话，那也太……

你呀，就是菩萨心肠受罪的命，好人不得好报。林小雨说得很气愤。

张杨很宽厚地笑了一下，我就是这个性格，有一些人越是对不起我，我越对她恨不起来，尤其是像梁怡萌这样的人。再说了，前一些日子她对我也是不错的，如果说付出的话，我们两个人在感情上也多少有一些付出。

你看看，你多不争气呀，付出？你说付出你们两个是对等的吗？林小雨盯着张杨。

算了，我不想说她，张杨夹起一口菜放到嘴里，以后还是多想想我自己的事，这些日子我也想明白了，抓紧时间好好学，争取考上一个好一点儿的大学，到那个时候，什么都不晚。

林小雨当然能知道张杨这里说的什么都不晚是什么意思，便鼓励着张杨，对，男子汉就应该有这样的信心，我看你的基础不错，在咱们艺校里你的琴弹得是最好的。

可是将来考试并不是咱们一个学校相比，你知道吗？我可听说了，每一年考钢琴的人也很多，竞争也异常地激烈呀。

这个我能不知道吗，我的一个同学就考了好几年没考上。林小雨也这样说。

算了，咱们先不说那些扫兴的事，来，喝饮料。

两个人举起杯，碰了一下，笑着喝着……

从学校回来之后，梁怡萌便一头扎进了琴房。

这次她感觉她和彭程的配合要比上一次好多了。

她唱得也比上一次更投入了，好几处她原来都觉得唱得不满意的地方，这次都发挥得很好。

这种感觉也是挺长时间没有了，她非常感激地望了一眼彭程，彭程还在那里忘情地为她伴奏。

弹了几个曲子之后，两个人都停下来。

我真得谢谢你，等明天我请你出去吃一顿饭吧。梁怡萌望着彭程。

看看你，吃什么饭呀，在学校挺好的，再说了，为你伴奏我不也是练琴吗？

梁怡萌很真诚地说，那可不一样，你这是为了我，这个我心里知道。

彭程望着梁怡萌，怎么，你才知道呀?

什么，你的意思是说……梁怡萌望着彭程，不知道怎么说下去，她知道彭程指的是什么，这使她又想起了张杨。彭程说的意思肯定也是指张杨为她伴奏了那么长时间，她梁怡萌应该记住，应该对张杨永远心存一份感激之情。

梁怡萌心里有些内疚地想，是啊，和张杨相处的那段日子，每一次不管张杨多忙，只要她梁怡萌喊一声，张杨都会放下手里的事情来给她伴奏，来跟她练唱，可是现在这种关系变了，当成普通同学关系为你帮忙的时候，你不仅要心里记着人家的这种感情，还要想方设法回报人家。

从这个角度想，我欠张杨的真是很多。梁怡萌在心里这样悄悄地对自己说着。

孟庆生打电话请来了专业人员，到别墅里安装防盗报警装置。

杨小叶没有说什么，只是在旁边很好奇地望着。

走，咱们去看电视，让他们忙吧。

那些安装防盗装置的人走过来对孟庆生说了什么，孟庆生在那里比比画画地跟他们小声地交代着事情。

站在远处的杨小叶听不清他们说的是什么，感到有些奇怪。

孟庆生走过来搂住杨小叶解释着，我听说最近有些小区不安全，我走了，我不放心，你一个人在这里我怕你被吓着。这回好了，安上那些东西，只要有人敢从窗户或者其他的地方随便进来的话，那个报警装置便会自动地把信息传到保安人员那里，你可能还没发现呢，那些保安保证就过来了。

杨小叶被孟庆生说得很感动，紧紧地搂住孟庆生的胳膊，你真好。

孟庆生拍了拍杨小叶，你才知道我好呀，我告诉你吧，我对你的好还在后面呢，你慢慢体会吧。

杨小叶把孟庆生送到飞机场，一直送到安检的进口，两个人才拥抱了一下，孟庆生在杨小叶耳边小声地说了一句，你等我回来，便提着东西走了进去。

杨小叶站在那里，向远去的孟庆生招着手。

杨小叶突然感觉到对孟庆生有些恋恋不舍，眼中的泪水也马上就要夺眶而出了。她在想，人这个东西真怪，原来并没有什么感情的两个人，在一起处长了，如果说真的是感情的话，杨小叶也有些解释不通，那就可能是相处之间产生的一种感情上的牵挂，就算是亲情吧。这些日子每次相见的时候，孟庆生对她的百般呵护和恩爱，让杨小叶感觉到自己已经不是一个飘零和孤独的人。可是在那幢别墅里，她确实还找不到一种家的感觉，因为那幢别墅是孟庆生的，而孟庆生把她带到这里来，也只是一个临时的住处，而两个人的关系又不受任何法律上的约束，随时都可能结束，那两个人以后便形同路人。可是这一刻当她站在机场的安检门口向里面的孟庆生招手的时候，她的这种感觉非常明显地告诉她，她有些舍不得那个远去的即将回去和家人团聚的男人。

往外走的时候，杨小叶感到自己方才的这些心理活动有些令她感到可笑。她笑自己有些太天真了，那根本是不可能的，孟庆生是那么有钱的大老板，更何况孟庆生能当上那个老板，完全是由于他妻子的关系，在这种时候，孟庆生能舍得抛弃所拥有的一切吗？那根本是不可能的，她杨小叶充其量也只能是孟庆生在回到北京期间的一个感情的填补，也就像一个物件一样，需要的时候拿过来欣赏一番，用过之后，也便失去了意义。

有了这个想法，让杨小叶感到有些前途渺茫，今后该如何生活下去，她真得好好地想一想了，如果等到那一天到来的时候，自己还是这么浮萍一般地游荡着，那所经历的这一切便完全失去了最初的意义。她要达到自己的目的，必须要采取措施，而怎样才能达到目的，采取什么样的措施，杨小叶心里还觉得很空。

走出机场的第一件事，她便给林中云打通了电话。

让杨小叶万万没有想到的是，林中云在电话里说他正在医院里，是在拍电视剧的时候受的伤。

林中云在电话里没有说清受伤的程度，这让杨小叶非常担心，说自己马上就赶过去。

在医院里，杨小叶知道了林中云受伤的原因之后，便一个劲地说林中云不该去干那种事，如果真是生活中缺钱的话，她可以帮他。

林中云拉着杨小叶的手解释着，说自己是一个男人，不能永远不干事这么活下去，他要像一个男人，干出属于自己的事情来，风险算什么，苦难又算什么，这些都是他林中云必须经历的，何况这次受的伤也不是很重，养几天就会好了。而他得到的那一千元的酬劳，能让林中云在心理上得到一些短暂的满足和平衡，林中云说这个社会还是很公平的，只要你努力了你付出了，你就会得到。

听了林中云的解释，杨小叶的眼泪掉下来。她觉得面前的这个男人虽然处境很艰难，可是他一直在努力，她有些同情林中云了，可按照自己现在的能力又不能更好地帮助他，而现在对林中云也只能是同情而已。

对于两个人的关系，杨小叶不是没有想过，可是苦思冥想之后，杨小叶觉得两个人现在也只能停留在这种朋友似的关系上，说是朋友还应该比朋友更近一些，那难道是情人吗？杨小叶又在心里否定着，那就是界于情人和性伙伴之间的那种，杨小叶也有些说不清楚，她没有办法给两个人的关系准确地定义或者是定位，但有一点她是非常清楚的，她不可能和林中云这样的人最终走到一起。

林中云望着穿着一身华丽服装散发着香水味的杨小叶，心里也有一种说不清的滋味，他可以从杨小叶对他的这份感觉中得到一个信息，那就是他林中云如果能够拥有一定的财富的话，那么身边的这个杨小叶就会死心塌地地跟他走下去，千错万错都是自己的错，都是自己没有在这个社会上混出个人样来。

梁然和妻子董玉敏在自己的家果然筹办起来学生课外补习班的事情。

梁然和妻子商量之后，到街上的印刷厂印了一批小广告，又雇了人到街上散发和张贴，那上面写明了何时何地由谁来办哪个年级什么学科的补习班，还在那上面印了一句引人注意的带有广告性质的话语，那就是想来参加补习的学生和家长可以免费试听，一周或者两周之后如果学习上没有明显进步的话，就不收任何费用，觉得学习有进步了，便可以正式参加这个补习班。补习班分为初中和小学两个部分，梁然上初中的全部课程，安排在周六，上两到三个小时，董玉敏上小学的部分，安排在星期天，上小学四年的全部课程。

梁然和董玉敏把自己家那个不是很大的客厅腾出来，摆上了自己家现在能够用上的所有的大小椅子和板凳，又到街里买了几个小塑料凳，他们算了一下，如果坐满的话，能坐二十几个人。

夫妻二人把所有的事情安排停当之后，便悄悄地计算起来，如果按二十个人计算，每一周能来两次，两个班，一个月该是多少钱。两个人算着，不由得高兴起来，因为女儿的学费便可以靠这个补习班挣的钱进行填补，这样将来在考大学的时候，便可以挣到一笔可观的费用，那个时候不管是给女儿补课还是找什么关系，他们的手头完全可以宽裕一些了。

两个人谈论着，计算着，都有些兴高采烈的。可他们的心里都非常明确的一点，那就是从今往后他们的生活肯定会变得紧张了，除了平时上班之外，还要给补习班的学生备课，可能还要改作业改作文等，这些事情对两个人来说倒不是很难，但是会占用很多的时间。可是这些他们是有思想准备的，为了女儿的前途，他们就是花费再多的努力也是心甘情愿的。他俩不想马上就把这种事情告诉孩子，也不知道效果怎么样，如果补习班的效果好了，他们才可以把这种事情告诉梁怡萌。

张杨已经能够很自如地参加正常的学习和生活了，同宿舍的几个人看见张杨现在的情况都很高兴，尤其是彭程，经常开张杨的玩笑，说他终于从水深火热的初恋中走了出来，变得成熟了，像真正的男子汉大大地迈进一步。

每当这时，张杨都苦笑着望着彭程，说自己就像那个从茧中飞出来的蝴蝶一样，前一段时间自己的感觉就像周围都包裹着什么，现在他终于可以破茧而出了，至于能不能飞高飞远，他真的没有把握。可他说自己心里不像以前那么痛苦了，每当在看到梁怡萌的时候，心里也不是那种五味俱全的感觉了，张杨说他和梁怡萌的事情都属于历史了，都属于昨天了，是过去的事情了，他要为自己的将来做打算。

彭程拍着张杨的肩膀，这就对了，这个经历是必须有的，早有总比晚有强，这样你就成熟了，成熟之后的男人再去处理任何事情都不会像以前那样了。

张杨很坚定地点点头，说自己经历了这个事情之后，将来再面对这些事情的时候，肯定不会像以前那样了。

林小雨看着张杨的变化也自然非常高兴，说从今以后再也不用和张杨故意演戏给梁怡萌看了，张杨也是非常感谢林小雨的用心，特意出去请林小雨吃了一顿饭。

张杨又投入新的学习和生活中，他从内到外都感觉自己有了一个新的突破，这不仅表现在自己的心理上，在学习上也是如此。

梁怡萌给林中云打了好几次电话，才算勉强打通了。

林中云在电话里解释着，说这几天手机坏了正在维修。

梁怡萌说自己也没有什么事，就是好几天没有听见林中云说话了，很想打电话说几句。

林中云已经办好了出院的手续，回到了自己那个半地下室的小屋里。

林中云回来之后，杨小叶便提着好吃的东西来看过林中云，这让林中云非常感动。

林中云在这一刻不得不把杨小叶和梁怡萌两个人放在一起反复地想着，一个是已经和他有了本质上关系的女人，虽然被生活所迫已经成了另外一个人所包养的二奶。可他知道杨小叶不可能永远这么生活下去，而林中云当然也知道他和杨小叶也只能是有情无缘的那种，杨小叶的虚荣心，他林中云现在是如何也满足不了的。那么梁怡萌呢？他现在不知道梁怡萌的将来应该是什么样子的，但有一点是可以肯定的，他和梁怡萌肯定也是某一个阶段上的朋友，不可能是永久的，他林中云在北京飘荡这几年，已经看清了自己是属于哪一个阶层上的人。凭着他现在这种状况，他最终不可能和梁怡萌走到一起。可是林中云在心里不断地说服着自己，又不断地推翻了原来的想法，对梁怡萌幻想着什么，不管怎么说，他不可能对梁怡萌做了这么多的事情，没有任何结果吧。那和梁怡萌的结果究竟是什么呢，林中云朦朦胧胧的自己也有些说不清楚。当他和杨小叶亲热的时候，他可以隐约地感觉到，那可能就是一个男人本性上一种需求吧，尤其像梁怡萌那样的女孩，可以说在林中云的想象中，那就是一只即将展翅高飞的天鹅。

连老百姓都最熟悉那句话，叫癞蛤蟆想吃天鹅肉，他林中云真是那种无法吃到天鹅肉的癞蛤蟆吗？林中云在心里有些不服气，他自己在心里发着狠，不管你杨小叶也好，还是梁怡萌也好，我都要想方设法地尝尝你们的肉。

在睡梦中，林中云常常被自己的惊悚所惊醒，那梦十回有八回都是和杨小叶和梁怡萌有关的。

在前往杨小叶住的别墅的路上，林中云对杨小叶和他的关系又想了想，觉得暂时这么维持下去也可以，杨小叶还可以帮他。可是面对杨小叶那有限的帮助，每一次林中云的内心都经历着煎熬和痛苦，甚至说每一次都觉得自尊心在受到伤害。作为一个男人，时常要等待或者接受这样一个女人对他的帮助，他有些抬不起头来，他觉得自己不应该这么活着，应该像一个男人那样顶天立地地活着。可他心里想的和自己能够做到的常常正好相反，他偷偷地恨自己，恨自己的无能和软弱。由自己又恨这个社会，他恨这个社会太不公平，没有给他林中云提供更好的机会，而自己的家庭又是那种完全不能给自己的前途加分的家庭，可是他无法怨恨自己的父母，他父母一生已经是那么艰难了，而今后的路只有完全靠他自己往前走了。

走进别墅的那一刻，林中云的心情依然很复杂，他有一种做贼的感觉，就像是走进一个主人不在家的富有家庭，他走进人家的屋子穿上好衣服，拿到好食品，然后又心安理得地离去。

林中云虽然没有见过那个叫孟庆生的新加坡老板，可是他认定那个男人肯定是一个非常精明的人，如果这个事情让人家发现的话，那杨小叶的这种日子也肯定是到头了。如果是那样的话，那么我林中云又算造了一次大孽，让杨小叶本已经流血的伤口上，又会滴血不止，而他林中云又无力去帮助杨小叶。

林中云不得不承认，杨小叶自从和那个孟庆生交往之后，在女人这个方面，她的进步可以说是突飞猛进、日新月异呀，不管是在床上的风情万种，还是在平时的相处里，那种谈吐和眼神，林中云都觉得杨小叶已经是那种完整意义上的女人了。如果和杨小叶相比，那么梁怡萌也只能是一个含苞待放的花朵，而杨小叶现在正是一个香飘四溢的绽放的花朵，一个是可以享受的，而梁怡萌那样的只能是值得期待的。

杨小叶把准备好的那些东西拿出来，两个人在餐桌上大吃大喝之后，又紧紧搂着走上楼去。

躺在那张大床上，林中云不由得又想起了梁怡萌。

每当这种时刻，林中云对杨小叶都觉得自己有一种犯罪的感觉，他侧过脸去望了一下陶醉在幸福之中的杨小叶，心中产生了些许的不安和愧疚。

梁然和妻子董玉敏的补习班果然取得了良好的效果。

开始来参加补习的学生只有几个人，后来发展到十几个，现在已经把那间客厅坐得满满当当了，这还不算，还有不少学生家长慕名而来，都和梁然和董玉敏商量着，能不能收下自己家的孩子。

可这个客厅只有那么大，再要多收学生根本是不可能的。于是梁然和妻子商量，把课程由每周两次改成四次，那就是说梁然和妻子每周都要各上两次课，而平时他们都有一摊工作的，就只好改在晚上了。把两次课又加在了周三和周四，每天晚上两到三小时，这样还可以解决那些无法参加补习班的学生的问题，两个人补课的收入又增加了一倍，辛苦是辛苦一些了，可是收入更可观了。

每次上完课之后，他们俩都觉得很疲劳，可是这种疲劳是心甘情愿的，是非常高兴的。因为疲劳之后，他们仿佛看见了女儿欢天喜地地走进了某一所期待中的大学，这是他们做梦都想看到的，而现在通过他们的努力可以帮着女儿走上这条路，他们是无怨无悔的。

夫妻两个人的生活每天充实而简单，为了备课为了辅导那些学生，他们把自己的生活程序减到了最简单的程度，常常从街上买来现成的或者半成品。平时每天都做饭的他们，现在变成了两三天才做一次，然后把剩菜剩饭放在微波炉里热一下，可是他们俩吃得都非常香甜，觉得这种日子过得还是有滋有味的。

远在北京的女儿自然不知道这种情况，梁然和妻子商量，即使把家里办补习班的事情告诉萌萌，也只能是说出结果而不要告诉她这个过程，因为懂事的梁怡萌知道之后，会劝他们不要这样办下去的。

两个人都为自己的这种发自内心的无私而感到兴奋，他们现在更深地理解了那句可怜天下父母心的话，他们正是这么做的。

当林中云恋恋不舍离开那幢别墅的时候，心里又一次被这两个女人所煎熬着。

杨小叶还站在门口目送着他，林中云甚至不敢回头，每一次来到这里，临走的时候杨小叶都抱着他不放。他知道两个人的感情越来越深，当然也知道两个人不可能最终走到一起。但是林中云也时常在心里期待着下一次的会面，他知道自己不能始终待在这幢小楼里，不管怎么说自己要出去干一些事情，否则的话他更将抬不起头来。不管是面对梁怡萌还是面对杨小叶，尤其是面对杨小叶的时候，他觉得自己实在是太渺小了，甚至自己不止一次在心里骂着自己，我林中云太不是东西了。

走在路上，心里又一次点燃了对梁怡萌的期待之火，这让林中云不由得想起有人说过那些话，那就是容易得到的常常不会被珍惜，而不容易得到的，才去珍惜，才去追求，而很多男人常常就是在这种不断追究和征服中得到真正的愉悦。可是他知道杨小叶和自己的关系就属于前者，现在很容易就能得到杨小叶，可是真正到了两个人无法再走近的那一天，他林中云会珍惜现在的这种感觉吗？他不知道自己将来的想法是什么。

从电话里听到了父母现在办学生补习班的事情，当时梁怡萌自然也非常高兴，放下电话之后，一种莫名的悲苦袭上她的心头。

她呆呆地站在那些丁香树旁边，抚摸着那些丁香树坚硬的枝干，在不停地想着，父母现在所做的一切，完全都是为了她，为了她的现在和将来，如果她没有到北京来上学，父母完全可以不用这么辛苦。

看来父母是想尽了办法才最后把点子打在了办补习班的事情上，按说办的这个补习班对父母来说倒不是太大的难事，他们也能做得得心应手，肯定也能让学生和家长非常满意。可是凭着自己家的房子，在那里办学生补习班，那该是一种什么样的情景和场面啊！

梁怡萌在心里不停地想着，那些孩子围着父母问这问那的情景。

想到这里，梁怡萌的泪水流了下来。

梁怡萌抬头望望夜空，满天的星斗闪烁。

梁怡萌在心里不停地说着，那天上的星星不知道哪一颗属于自己，也可能自己永远成不了天上的星星或者地上的明星，可是自己现在这个心思还是那么旺盛，还是那么不可阻挡，没办法，只能让自己的父母吃苦。

梁怡萌对将来还是充满了信心，尤其是认识了林中云之后，他觉得自己通过林中云便可以认识那些大名鼎鼎的教授，而那些教授对自己能否考上大学、考上什么样的大学，甚至大学毕业之后能不能成为一个星成一个腕儿都是至关重要的。

梁怡萌很快地从自己的悲伤中解脱出来，她要联系林中云，催促林中云赶紧帮她想办法，最好能接触到钱教授。

想起钱教授，梁怡萌在心里不由得暗自高兴，那可是每一个学声乐的人都夜思日想要接近的人，可是没有特殊的关系，谁能接触到那个钱教授呀？那是不可能的，除非你是当大官的，或者是有大钱的，可是这两个我梁怡萌都没有占上，而现在能够近水楼台的只有林中云这一个条件。通过这些日子的交往，梁怡萌当然能感觉到林中云在实心实意地帮她，这就足够了，只要林中云努力了，那么接触到钱教授这也是早一天晚一天的事情。

想到这里，梁怡萌又高兴起来，她不由得又哼唱起自己平时喜欢的歌曲。

林中云终于下了决心，他要对梁怡萌采取行动了。

做出这个决定，他真是感到有些艰难，他仿佛又看见了梁怡萌那天真无邪的脸，可是自己转念又一想，这年月上哪儿去找免费的午餐呀？我总不能把这个天使般的小姑娘送到了天堂，自己还在地狱里望着吧？不行，我这是为了啥呀？

可是用什么办法才能使自己的目的得到实现呢，办法只有一个，那就是现在梁怡萌所缺少和需要的就是能接触到那些艺术院校的老师，而自己这方面不管是真是假，已经成了梁怡萌的一种精神支柱。通过几次的交往可以看出梁怡萌在这方面并不认识其他什么人，而他第一次把她领到张云良教授家里所造成的假象，使梁怡萌对他已经坚信不疑了，那么现在也只能利用这一点，来达到自己的目的。

怎么样去跟梁怡萌说呢？林中云在心里反复地掂量着。

如果这个目的能够实现，那么我和梁怡萌以后还有什么故事呢？按照正常的发展，可能是在某一个阶段上的，如果将来自己的底细被梁怡萌知道了，那所有的努力都会前功尽弃，两个人的关系也会走到终点。

想到这里，林中云有些害怕，觉得自己一定要抓住这个机会，时间不等人呀。

可杨小叶那一边怎么办，现在杨小叶三天两头地打电话让他到别墅里去，到了别墅里当然是花天酒地了，那真是一种生活上的享受，当然也包括精神方面的愉悦，可林中云知道，这总不是长久的日子。

那我长久的日子在哪里呀？

林中云不敢想下去。

八

杨小叶依然陶醉在自己所营造的这种幸福的氛围里，她虽然不甘心永远和孟庆生保持着这种情人不情人、妻子不妻子的关系，可是现在她已经满足了自己在生活方面的追求。自己穿的戴的用的吃的，完全可以和上流社会的任何一位贵夫人相比，只是没有法律上的名分，那算什么，这年头便是今朝有酒今朝醉，谁还能管了一辈子的事啊？再说了，即使和某一个男人走到了一起，在法律上承认已经成为夫妻，那又能咋样，说不定哪天又可以离婚。

杨小叶这样想着，便感觉到了一种从未有过的满足，觉得现在这种状况也不错，不用费任何力气和努力，便可以得到眼前的这一切。

她知道那个孟庆生还蒙在鼓里，根本不可能知道她和林中云的关系，这样也挺好，你有你的家可回，我有我的空间保留，咱们井水不犯河水，谁都不干涉谁，等你这趟车来了，我的这个车站会满腔热忱地等待着你；等你那趟车开走了，我这里总不能闲着吧。

杨小叶在心里不断地宽慰着自己。

孟庆生坐在飞机上的时候便在心里盘算着，这次回去不知能不能看到他的那些刚刚安装的设备起作用，如果真是像杨小叶说的那样，那看来这个女孩子对他真是死心塌地的，那么将来即使两个人走到了分手的时候，也应该对这个杨小叶有所补偿，人家毕竟把青春和年华给了我。

可是也会出现另一种可能，当我离开北京的时候，杨小叶又和别的男人……孟庆生不想想起这个念头，可是不由得他不想，从杨小叶的每次的表现，他不止一次地想象着杨小叶在他离开北京之后，会和某一个男人相会的情景。对于杨小叶的历史，孟庆生并不十分了解，而杨小叶和他说的那些，指天发誓地说的都是实话，可孟庆生并没有百分之百地相信和接受。他对杨小叶是有所保留的，他要看，他要等他要考察。因为他听见他的另一个经商的朋友说过这方面的事情，后来他被自己包养的那个小姑娘骗了很多钱，因为等他离开的时候，那个小姑娘就把别人找到了住处鬼混，而他一直被蒙在鼓里，后来把他的好东西都卷跑了。听到这个事情之后，孟庆生的第一个念头就是要对杨小叶有所防范，一旦抓住了证据，那就会毫不吝惜地让她走人。

孟庆生并没有提前给杨小叶打来电话，今天回来完全是突然性的。

当孟庆生出现在别墅门口的时候，杨小叶从里面跑出来紧紧地拥抱着他。

孟庆生从杨小叶的表情中察觉不到任何东西，他现在寄希望的就是那些他刚刚安好的先进的科技设备，如果那里面所显现出来的杨小叶没有去见任何人，那么他就会按照自己的想法，和杨小叶再过一段时间。这日子也是不错的，新加坡那边有一个美满的家庭，而北京这方面又有一个妙龄的女郎，这样生活才不感到单调，在哪边都挺充实的，家里给他是亲情和天伦之乐，这边给他是短暂的欢愉和美感。

孟庆生故意装出很疲劳的样子，让杨小叶给他按摩着。

杨小叶依然感到很兴奋，她只是不明白这两次为什么孟庆生回来的时候没有提前给她打电话，她又不敢多问，只好按照孟庆生要求的做这做那。

孟庆生突然想起了什么，让杨小叶到外面的超市去给他买一样东西。

望着杨小叶远去的背影，孟庆生马上跳起来冲到楼上的卧室里。

杨小叶离开别墅的时候，依然是欢天喜地的，她根本没有多想，她觉得孟庆生真是需要她到超市里买那样东西。

等杨小叶再次回到别墅的时候，她一眼就看见孟庆生冷着脸坐在那里。

杨小叶马上奔过去，搂着孟庆生，你这是怎么了，方才还好好的，怎么……

孟庆生很果断地把杨小叶推到一边，你还问我，我正想问你呢！

我什么事啊，杨小叶一脸无辜的样子，你这是怎么了，刚回来就发火，我到底怎么了？

孟庆生指着杨小叶的鼻子，你还问我怎么了，你这个没良心的女人，你说说，自从你到我这里我对你怎么样，你看这房子，你看我给你买的衣服，还有你吃的用的……

杨小叶又往孟庆生身边坐了坐，我也没做什么错事啊，我不是按照你的要求吗，再说了，你……

咱们是有过口头协议的，我把你领来那就是只有你一个人才能住在这里，可你怎么做的？孟庆生指着茶几上的一个东西说。

什么，这是什么呀？你这平白无故地怎么能随便说我呀？杨小叶望着茶几上的那个东西辩解着。

孟庆生把那个东西打开拿出一盘微型磁带，放到自己的摄像机里，你自己看吧。

摄像机里立刻出现了很多画面，其中很多是她和林中云亲热的镜头。

杨小叶顿时惊呆了，她不知道孟庆生这东西从哪儿得来的。她脑子里飞快地想着，肯定是上次孟庆生回来让人安的防盗的东西起了作用，原来孟庆生是欺骗自己，是故意安装了摄像的东西来监视自己，可现在什么都晚了。

杨小叶扑通一声跪到了孟庆生面前，声泪俱下地哭喊着，我错了，全都是我的错，我请你原谅我，我……

孟庆生伸出手来狠狠地打了杨小叶一个耳光，我真没想到，你这个女人真是一个恶狼，不，是毒蛇。

杨小叶捂着脸，双腿跪着又向孟庆生面前扑来。

孟庆生躲闪着，好了，你自己做的事情，现在你都看到了吧？你把你东西收拾收拾赶快离开这里。

怎么，我就做错这么一次，你就不念咱们这么长时间的感情呀？杨小叶哭着，孟老板，我求求你了，我求求你了。

其实我也很难受，你既然已经做出来了，这你能怨得着我吗？你看看你们俩，这个我不说了，我把这么好的房子留给了你，还有这屋里的东西，你可倒好，在这里居然会起了情人，你把我看成什么了？我也是天底下最大的傻瓜，居然能相信你这样的人。好了，咱们现在什么也都不用说了，咱们到此结束。

杨小叶一看孟庆生说得如此坚决，知道已经再也没有挽回的余地了，便站起身来，两眼怒视着孟庆生，你说得倒简单，你得补偿我。

我补偿你什么？你做出这种事来，还要我补偿你，你想得倒美。孟庆生指着杨小叶。

那我就去告你，对了，我在这边告你还不算，我还要到新加坡你家告诉你老婆。杨小叶瞪着孟庆生。

你想得也太天真了，我告诉你吧，你去告吧，我的律师都说了，像你这种情况，你如果去告的话，就会判你个敲诈罪。

杨小叶顿时呆在了那里，显然这一招不灵了，不能奏效了，这个该死的孟庆生原来早就做好了准备。

杨小叶呆坐在那里，她恨自己太年轻了，没有防着孟庆生这一手。

现在说什么都晚了，现在要做的只能是一件事，那就是赶紧离开这里，赶紧离开这个曾经和她一起过了一段日子的男人。

想到自己马上要离开这个豪华的别墅，离开这种豪华的生活，杨小叶真的有些后悔，她后悔不该把林中云领到这里来，也后悔自己没有把事情考虑得这么细致，现在一切都晚了。

林中云当然不知道杨小叶发生的变故，接到杨小叶要到他住处来的电话时，林中云还以为杨小叶是想他了，便满口答应着，说在住处等着杨小叶。

杨小叶提着自己的两个大包走进来的时候，林中云顿时呆住了。

你这是怎么回事啊？林中云指着杨小叶提着的东西问。

还问我呢，都怨你，杨小叶望着林中云，那个该死的孟庆生把咱俩在别墅里的事都录了像，刚回来，这不是吗，把我撵出来了。

原来是这样，哎呀，他怎么……林中云不知道从哪儿说起。

咱们还是年轻呀，没有想到那老东西居然有这么一手。

那你现在怎么办呀？林中云关切地问。

杨小叶坐在那里，端起桌子上的一杯水喝了下去，摸了一下嘴巴，我还能怎么办？先到你这里来住几天，然后再找机会呗。

林中云心里开始翻江倒海，他第一个念头想到的就是欠杨小叶的那笔钱，现在杨小叶已经这个样子了，就是杨小叶不主动要钱，自己也应该想办法把那笔钱还上了。说来这人也真是怪，这一会儿天上一会儿地下的，昨天杨小叶那还是像公主一般地生活，而现在却跑到他这个半地下室的住处避难来了。

林中云感到自己对杨小叶有所愧疚，如果自己不到那个别墅，那么杨小叶现在还依然生活在那种优越的环境里，可是又不能全怨自己，那一切不是杨小叶主动找的自己吗？又不是自己主动送上门去的。

林中云坐在那里不管如何在心里责备或者是悔恨，现在都无济于事了，他望着杨小叶的满脸愁容，自己想帮又帮不上，只好走过去搂着杨小叶安慰着。

杨小叶躺在了林中云的那张床上，两眼睁得很大，望着上面。

我看你也想开点儿，就凭你现在这个条件，不管去干什么，再说了，你有了第一次的经验，如果……

杨小叶当然能听懂林中云说的那个如果之后是什么意思了，便呼地坐起身来，你把我看成是什么人了，我卖了这个再卖了那个呀，我告诉你，这回我杨小叶要有一个别的活法。

林中云吃惊地望着杨小叶，什么，别的活法？我可跟你说呀，你可不要乱来。

杨小叶撇了一下嘴，我才不会呢，我告诉你吧，我年轻我漂亮，这就是资本。还有，这一阵子我也学了不少东西，现在我手里虽然没有什么大钱，但是我现在可不是以前了，这一阵子我和那个孟庆生相处的时候，就留了一个心眼，有些东西我现在就想试一试了，如果搞成的话，我也用不着去卖身了，也用不着被谁包养了，我靠自己的能力，也能闯出一片天下。

是吗？林中云睁大眼睛望着杨小叶，如果真是那样的话，如果我能帮上你的忙，我……

杨小叶摆摆手，你呀我还不了解吗？我想的那些事情你干不了，我现在就想自己往出闯一闯。对了，我现在这种情况你也看到了，如果我没有这种变化，这句话我真是不好意思说，现在我已经这样了，而且还要想办法干一件事情，我手里的钱肯定不够，所以我就……

林中云没等杨小叶继续说下去，便连连地摆着手，小叶，你别说了，我知道，你放心，我在这几天之内就把借你那笔钱还上，一定的。

这就请你理解和谅解了，我也是没办法，杨小叶解释着，如果我没有这种变化的话，别看你当时写了借条，那个钱我是不准备要了，可是现在……

林中云点点头，你放心，我能理解，不管怎么说，别说是借你的，就是不借你，你现在想干点儿事情，我也得帮你呀。

杨小叶只好暂时住在了林中云的出租屋。

林中云现在最想办的就是一个事情，那就是想方设法搞到钱。

自从上次受伤之后，林中云不敢再去冒险了，现在也只能是到有些剧组去打打短工，可是那挣得太少了，要还清借杨小叶的那三千元钱，对现在的林中云来说，那可真是天大的难事啊！可是不行，这笔钱我必须还上，林中云在心里默默地说。

林中云来到街上，毫无目的地走着，他在想，怎么样才能搞到一笔钱。

没路可走，林中云终于想到了梁怡萌，现在也只有这一条路可走了。但是当他想到梁怡萌的时候，心里又不由得隐隐作痛，虽然这笔钱是为梁怡萌找那个张教授花掉的，可是现在……

林中云感到自己实在是太无能了，在无路可走的时候，只有想到和自己有关系的女人才能解脱困境，自己也真不是一个真正的男人。

林中云在心里不断地骂着自己，可他还是给梁怡萌打通了电话。

杨小叶躺在那个半地下的屋子里，心里感到一阵发紧。

杨小叶不甘心就这么下去，前几年的日子她早就过够了，尤其这半年她在孟庆生的那幢别墅里过的日子，使她已经感觉到了那种日子对她来说原来是那样遥不可及，而现在是那样和她接近了。如果说以前她杨小叶还充满着自卑的话，经历了这件事情之后，她感觉自己有能力有资本获取那种日子，可是现在还能走那条路吗？如果走的话，也并不是说信手拈来的，像孟庆生那样的人，那样的老板，可能有很多，但是自己总不能随便找一个就算数吧，退一步说也并不是随便可以找到的呀。

方才她和林中云说自己要想干一件事情的时候，想法只是很朦胧的，并没有想到究竟要去干什么。

虽然在前些日子当那些化妆品推销员到她别墅推销商品的时候，杨小叶曾经产生过一些念头，想自己干这种事情也是可能的，可是那需要本钱，也需要一定的经验，现在就是看自己能不能下了这个决心。

躺了很久，一看天渐渐地暗了下来了，林中云还没有回来。杨小叶突然感觉到肚子有些饿了，便在林中云的屋子里想找点儿什么东西吃，找了半天，只在床下的纸箱子里找到两包方便面。杨小叶在心里骂着林中云，你说这个臭男人，这过的是什么日子呀。

没有办法，杨小叶只好拿出一包方便面泡上。

梁然接到梁怡萌电话的时候，他正在上班，梁然说晚上回去给女儿打电话。

梁然回到家里，立刻拨通了梁怡萌的手机。

梁怡萌说自己现在需要一笔钱，说一个朋友能接触到北方音乐学院的钱教授，但是不能平白无故地白去，现在的行情看涨，所以需要一笔钱。

梁然满口答应，说明天我就把钱给你汇过去。

放下电话，梁然和董玉敏在商量，如果不是办补习班的话，现在恐怕就麻烦了。

董玉敏也感叹着，是啊，以后花钱的日子多着呢，听说现在北京教唱歌的老师要的可多了，再说了，听说那钱教授并不是说花钱就可以见到的，咱们女儿能够花钱见到那钱教授，这已经是烧高香了。

就是啊，梁然也在说，咱们小萌还真是挺有能耐，居然能通过朋友接触到那个大名鼎鼎的教授，这回可好了。

可不是吗？这钱不会白花的，如果钱教授真是看好了咱们女儿有发展前途，这样将来考大学的时候那也就是钱教授一句话，别说是花个几千，就是几万也行呀。

行，明天我先给她寄去五千元，不够的话，咱们再想办法。

杨小叶看到林中云走进来。

林中云望了望杨小叶，默默地坐在了床边。

杨小叶已经把东西收拾好了，指了指那两个包，你这里我实在是不愿意待，这条件也太差了，我明天就去找个地方。

也行，明天我就可以把钱还给你了。对了，你有什么需要我帮忙的千万别客气，不管怎么说，咱们也算是好过一场。

你放心吧，杨小叶也很慷慨地说，我也不会忘记你的，我当然也希望你好好干，早点儿混出个人样来，如果你行的话，也用不着我这样去奔波呀。

是啊，都怨我没有能力呀，可是没有办法，我也在努力。林中云说着，觉得自己的辩解一点儿力量都没有，便默不作声地坐在了那里。

还是那家餐厅，还是那个窗口。

林中云早就坐在那里，焦急地向外面张望着。

当他看见了梁怡萌的身影从窗口闪过走进来的时候，林中云的心跳在加快。

他知道心里的这种激动并不是对梁怡萌的想念，而更重的是一种愧疚。

当梁怡萌把那个装钱的信封递给林中云的时候，林中云的手有些发颤，他的良心在不停地谴责着自己。

梁怡萌很天真地望着林中云，如果这次你办成了，我要好好感谢你。

看你说的，为你办事我是心甘情愿的，感谢什么呀？对了，你想吃什么？

什么都行，我一听你电话里说这次能够见到钱教授，我高兴得什么似的。梁怡萌热烈地望着林中云。

林中云点点头，是啊，为了你的事我真是费劲了心机呀，我争取尽快办成这件事，这些日子你要好好准备，争取在钱教授面前有一个好的表现。

梁怡萌信心十足地说，你放心吧，这几次上课老师都表扬我了，说我进步很快。

这就好了，这就好，林中云点点头，到时候钱教授一高兴，说不定对你将来考大学都会起作用呢。

我爸我妈也这么说，所以他们说了，如果这钱不够的话，他们还可以再给我寄。

是啊，当父母的都这样，都盼着自己的儿女有出息。林中云望着梁怡萌，你好好学，别忘了你的父母，将来有出息了，好好报答他们。

梁怡萌望着林中云，看看你说的，这还用说吗？你怎么了，怎么当起我的老师来了？

林中云勉强地笑了笑，我说的这也是心里话，就说我吧，你看到北京都这么多年了，也是低不成高不就的，我的父母还在乡下种田呢。

那有什么呀，将来你成了气候，也把你父母接到北京来住一住，让他们享享福呗。梁怡萌依然很欢快地说。

林中云叹了一口气，哪有那么容易的事啊，如果那么容易的话，我早就把他们接过来了。

梁怡萌故意给林中云打着气，快了，靠你的努力我相信你。

当林中云把那笔钱交给杨小叶的时候，杨小叶眼神里居然有些不忍。

你看看，你也挺难的，再说了，这笔钱也是给你母亲治病用的，我现在又来逼着你还……杨小叶有些说不下去了。

林中云赶紧解释着，当时我不说了吗，是暂借，我用了这么长时间已经够意思了，我还是那句话，以后如果我混好了的话，你就是不找我，我也会去找你的。

杨小叶提起自己的东西向门口走去，走到门口又回过头来望了一眼林中云。

林中云站在那里，他本想把杨小叶送到外面的车上，可他觉得自己迈不动步。

杨小叶望着林中云，你也不用送了，车我已经叫过来了，如果我想联系你的话，我会给你打电话的。

林中云望着走出门去的杨小叶，泪水从眼睛里流了下来。

回学校的路上，梁怡萌便把消息告诉了父亲梁然。

电话中的梁然当然非常高兴，还兴奋地嘱咐女儿一定要好好学，争取到钱教授家里好好表现，好好唱。

爸，你就放心吧，这些日子我一直在努力，老师都表扬我好几次了。梁怡萌在公共汽车上拿着手机还在大声地说着。

电话那头的梁然自然兴奋无比，那就好，那就好。对了，如果钱不够你随时给我打电话，我这边马上就给你汇去。

梁怡萌关掉手机，望着车厢里的人，虽然还都是那么陌生，可她现在的感觉和以前大不一样了，她觉得每一个人看上去都很亲切。

梁怡萌高兴地哼唱起歌来。

旁边的人都惊奇地望着她，可是她还是旁若无人地哼唱着……

梁怡萌回到学校的时候，天已经黑了。

教室里灯光通明，坐满了人，梁怡萌进去的时候，甚至没有人和她打招呼，都在那里低着头看书。

梁怡萌心里不由得乐了，这些人呀，都是这个样子，平时班主任总是强调要抓紧文化课的学习，可是大伙谁都不在意，这回好了，马上就要期末考试了，看看，都开始临阵磨枪了。

梁怡萌坐到自己的书桌前拿起一本书来看着。

前两天班里开会的时候，班主任冯海涛还特意强调，期末考试一定要很严格，而且出题也不能照顾，因为将来大伙考艺术院校的时候，文化课如果不能过关的话，那也是白学了，所以为了对大家负责，文化课的考试一定要严格要求。

听完班主任的话，当时大伙都一门抱怨着，说我们是来学艺术的，文化课过得去就行呗。

冯海涛却说，又不是咱们自己和自己比，现在是水涨船高，各个学校录取艺术生的时候，都提高了文化课的分数，如果现在不抓紧的话，将来你们后悔就来不及了。

按说考大学还有两年时间，到时候再复习也来得及，可是眼下期末考试这一关不管怎么说也得应付过去呀，于是大家都跃跃欲试地开始准备起来。

平时学业已经撂荒了很长时间，就靠这么几天能够补得过来吗？梁怡萌心里自然有数，她文化课的学习成绩在班里虽然不能排到最前面，可怎么也能排一个上中等，像林小雨那几个人就麻烦了，本来基础就差，平时上课也不注意，现在想补啊，恐怕也晚了。

在这个班里，说起文化课的学习，柳芳和黄玉玉几个人那是遥遥领先的，而且几个主科都是很平衡发展。在这方面梁怡萌不得不服气，她虽然也暗暗努力想赶上那几个人，可是每一次考试，都和那些人差很多，后来梁怡萌就不断地宽慰着自己，按照自己这个文化课的学习程度，将来上艺术院校，文化课过关是不成问题的。

她们回到宿舍的时候已经很晚了，路上她听见有几个人在小声地议论着，开始时梁怡萌觉得那几个人在议论自己，后来听了几句之后，倒觉得那些和自己没关系，可她们议论的究竟是谁，梁怡萌还不得而知。

回到宿舍里，只有林小雨在屋里，梁怡萌就问林小雨，她们方才议论的是谁呀？

怎么，连这个你都不知道？林小雨有些吃惊地望着梁怡萌，就咱们那个宝贝常晓娥呗，最近这些日子不是老去上网吗？

那又怎么了？梁怡萌不解地问。

还怎么的，差点儿上当呗。林小雨说得一惊一乍的，你说那个常晓娥，在网上认识了一个叫什么“关东大侠”的网友，昨天还到市里跟人家去见了面，见面还不说，还让人家那个男的把她领到了个体的小旅店里，差一点儿出事。

是啊，那可太危险了，梁怡萌感到有些担惊地说，这个常晓娥也真是，怎么那么轻率呀，她没有……

林小雨指了指旁边的房间，今天下午回来的时候，她就在宿舍里大哭着，我们去问了好一阵，才说。虽然没有让那个男的得逞，可把常晓娥也吓坏了，现在正后悔呢。

这个事可真得注意呀，现在社会这么乱，什么人都有。梁怡萌不知道是说给自己，还是说给别人听。

第二天班里为这件事专门开了班会，班主任冯海涛站在前面很严肃地讲这方面的事情，说话的语气也不像以前那么柔和了。

幸亏没有出大事，如果出了大事，让学校怎么和你们的家长交代。现在我宣布几条纪律，以后没有特殊情况不许单独外出，更不要和什么陌生人去约会去见面，你们现在最重要的任务就是学习，除了学习别的事要少想、不想。

同学们坐在下面互相观望着，又把目光集中到常晓娥的身上，常晓娥趴在桌子上不敢抬头。

冯海涛还是有些慷慨激昂地说下去，如果我发现类似的情况，就要把真实的情况告诉你们的家长，让你们的家长到学校来。

梁怡萌听着冯海涛的话，也在心里提醒着自己，确实得注意，现在社会这么复杂，她们这个年龄经历的事情毕竟还少，如果真是遇到坏人的话，那才叫后悔莫及呢。

走出教室的时候，林小雨却大大咧咧地不当回事，咱们的冯老师也真是乱操心，现在都什么年代了，还把我们当成女子学校呀，管得这么严。再说了，我就不信那个邪，我如果遇上这样的事，我自己就能摆平他。

算了吧你，就你那两下子，到时候吓也把你吓麻爪了。张杨走过来指点着林小雨。

怎么，你不信我？再说了，我打个电话我爸领几个人过来，当时就把他打跑。林小雨比比画画地说。

旁边的几个人都乐了。

柳芳指点着林小雨，你呀，都多大了，怎么说话还像个孩子呀……

九

自从杨小叶走后，林中云虽然给杨小叶打了几次电话，但是都打不通，林中云估计杨小叶换了手机的号码，也就是说杨小叶这次和他分开之后，不想和他再联系了。

每当林中云回到自己的住处之后，便陷入了从未有过的苦闷和孤独之中，他躺在床上，一次又一次想起杨小叶对他的种种好处。他这时真的有些后悔了，后悔自己没有珍惜和杨小叶的这段感情，现在不管自己如何追悔莫及，也都是为时过晚的事情了。

林中云这几天也没有找到像样的活干，虽然有两个剧组让他去当了几次群众演员，可是给的报酬太低了，而且现在天已经越来越冷了，在那里遭了一天的罪，除了能混上一顿盒饭，给的那点儿报酬去了来回坐车的钱，也就所剩无几了。

林中云不得不为自己的生计开始想办法了，如果这样下去的话，别说是干事业闯天下，恐怕吃饭付房租都会成问题。

杨小叶不知道干什么去了，也是因为自己的原因，使杨小叶丢掉了现在所拥有的一切，虽然杨小叶没有过多地责备林中云，可林中云自己心里却有着一份深深的愧疚。

林中云由杨小叶想到了梁怡萌，再由梁怡萌想到了他在剧组中的一些遭遇。他在心里愤愤地想，这个社会真是太不公平了，这个世道有的时候也真是黑暗，像他林中云这样的小人物真是生存得这么艰难，人家那些人都是花天酒地的，要风有风，要雨有雨，可他现在真是要什么没什么呀，连和杨小叶的那段感情，也就像一阵烟一样飘散了，飘远了。

林中云躺在床上继续想着心事。

梁怡萌把电话打过来，催问他联系的事情怎么样了，虽然梁怡萌在电话里没有明说是什么事情，可林中云知道指的是和钱教授联系的事情。这几天他净忙别的事情了，早就把和钱教授联系的事情忘了，他当然知道就是不忘，也根本不可能联系上什么钱教授。当年自己到这个学校进修的时候，也曾想办法要和钱教授接触上，可当时想尽了一切办法连钱教授的门都没敢登，现在自己两手空空就更无法实现这种梦想了。可是人家梁怡萌把五千块钱交到了自己的手里，钱已经还给了杨小叶，剩下的除了交了房租，这几天又花了不少，就剩下这几个钱，如果能够打开钱教授的门，那简直是异想天开。虽然事情已经到了这种程度，但林中云在电话里还是说自己现在正在联系，已经差不多了，让梁怡萌再等两天。

梁怡萌在电话里显得非常高兴，一迭声地答应着。

林中云放下电话，顿时有些慌了神，这可怎么向梁怡萌交代呀?

他渐渐平静下来，可心里却还在对自己不停地说，我得想个办法，否则的话，杨小叶走了，梁怡萌知道真相后，还能和自己保持联系吗?那肯定会恨死自己的，根本也不可能再和自己有什么联系了，这可怎么办？

这个念头一直在折磨着林中云，让他翻来覆去睡不着觉，眼看都到半夜了，他还在不停地想着办法。

自从杨小叶走了之后，在夜晚孤独的时候，林中云时常感觉到自己的身体里那种男人的冲动常常像海潮一般一次一次地涌起，可现在杨小叶已经远离自己而去了，而和自己现在还有联系的这个纯净得像白天鹅一样的梁怡萌，自己如果和她……

这个念头在林中云的心里不知道想了多少次了，可是每想一次，都被他坚决地放下了，他觉得自己不配，更觉得自己现在根本不具备和梁怡萌继续交往下去的那种条件。可他不甘心，如果这样好的机会错过的话，那这辈子再也不会遇上像梁怡萌这样的好女孩了，怎么办？

林中云在那里胡思乱想着，他突然想起了有人曾经说过，对待女孩子，必要的时候那就是要把她生米煮成熟饭，木已成舟之后，那个女孩恐怕就不会再有其他的什么想法了，女的不像男的，在感情方面往往是专一的。

林中云在想着这个念头的时候，他居然有些兴奋，有些喜出望外。

我得想一个更好的办法，使自己的心愿能够得到实现，使自己的感情在梁怡萌的身上得到延续，如果自己和梁怡萌真是发展到那种程度的话，那我也不枉在人世上走一回，那么我也真正做了一回男人。

梁怡萌接到林中云的电话，说那边已经联系得差不多了，让她有时间抓紧过去一趟。

梁怡萌自然万分欢喜，赶紧答应林中云，说自己今天或者明天肯定去找他。

梁怡萌设想着自己和林中云见面之后，林中云如何能把她领到钱教授的面前，然后自己在钱教授面前一展歌喉，钱教授对自己评价指点……

梁怡萌在心里越想越美，不由得偷偷地乐出声来，幸亏旁边没有人，她赶紧把嘴闭上。

梁怡萌不断地在心里盘算着，这次过去之后，如果在钱教授面前，应该唱哪首歌，唱到什么程度……

听说梁怡萌马上就要过来，林中云开始进入了实质性的准备阶段。

他调动自己全身的情绪，使自己进入一种亢奋的状态，他把自己住的这个地方精心地收拾了一遍，接着又到街上的超市买回了……东西。

还在两个人见面的那个地铁出站的地方，见面之后又是非常亲热地拉着手走到路边。

是现在就去吗？梁怡萌热烈地望着林中云，是不是钱教授在家里等咱们呀？

看看你，怎么急成这样啊，见钱教授哪那么容易呀？走，这次咱们不到饭店里去了，到我的住处，咱们边吃边商量，东西我已经买回去了。

怎么，到你的住处？梁怡萌问着，有些犹豫，我……

你看看你，难道我的住处那里挂着刀不成？我不是跟你说了吗，有事情要和你好好商量，咱们现在过去，商量好之后，我就领你去找钱教授。

林中云很真诚地说着。

好吧。梁怡萌虽然有些顾虑和担心，但是一看林中云把话说到了这种程度，只好点点头。

梁怡萌走到林中云住处的时候，一看屋里这么黑暗，便很吃惊地望着林中云。

林中云摊开双手解释着，这不是吗，正是创业时期，为了省点儿钱，就租了这么一个地方，不过我一个人住，挺宽敞的。

梁怡萌站在那里环视着这个半地下室的房间，这屋里实在是太寒酸了，没有像样的家具，除了一张破床，还有一个不成样子的小桌子，床下还放了两个纸箱子，其他的就没有什么了。

梁怡萌站在那里连坐的欲望都没有了。

看看你，坐下呀。林中云指了指那张小床。

你怎么能住这种地方呀？你不是说你的公司很大吗？那老板不给你安排一个好住处？梁怡萌望着林中云。

看你说的，老板才不管你这些事呢，你想得也太容易了。林中云继续解释着，我跟你这么说吧，现在在北京漂的，何止十万二十万呀，这些人像我这种条件的多了，还有很多人还不如我呢。

梁怡萌皱了皱眉头，坐在了那张小床上。

林中云赶紧把那包买好的食品拿到桌子上，一样一样摆出来，看看，这都是你愿意吃的，还有这饮料，来，你渴吧，我给你倒上。

梁怡萌根本没有吃喝的那种欲望，她只想赶紧商量好之后就去钱教授家。

可是一看林中云这么热情，又不好马上催他。

两个人开始吃着林中云买回来的那些食品，梁怡萌觉得有些渴了，拿起饮料大口地喝了起来。

天色已经渐渐地暗了下来，屋子里的灯光也很昏暗。

梁怡萌心里有些发紧，她四周望了望，便有些担心地紧张起来。

我不是说了吗，咱们先吃着喝着，商量完之后，我就领你去。林中云望着梁怡萌，劝解着。

梁怡萌又喝了几口饮料之后，便觉得有些发晕，用手支了一下脑袋，这是怎么回事啊，我有些发晕，我……

林中云赶紧过来扶住梁怡萌，没事，没事，来，你躺下，躺一会儿就好了。

梁怡萌觉得自己的眼皮在打架，怎么努力睁也睁不开了，便躺在了那张小床上……

在学校教室里，林小雨向梁怡萌坐的座位望了好几次，回过头来小声地对张杨说，你看看，这么晚了，也不知道她去干什么了。

她是不是到孟老师家去补课了？张杨一边想着一边说。

不是，她每周都是周五去，今天肯定不是。林小雨说得十分肯定。

那她去干什么了？张杨摇摇头，这个我就不知道了。

别不是出什么事了吧，你看看，前两天常晓娥……

乌鸦嘴，瞎说什么呢？张杨指着林小雨，梁怡萌不会的，再说了，她从来不上网。

你傻呀，出了事就是上网的事啊，就不能有别的了。林小雨还在说着。

算了，我不跟你说了，赶紧看书吧。张杨摆摆手。

林小雨回过头来又瞪了张杨一眼，看书，就知道看书，亏你还和她处了一场，她这么晚没回来，你也不……一点儿阶级感情都不懂。

梁怡萌醒来之后，发现自己正赤条条地和林中云躺在一个被窝里，她大脑中顿时感到一片空白。

可能是停了几秒钟之后，她便大声地哭起来，掀掉被子，用拳头捶打着林中云。

林中云被她打醒之后，使劲地抱住梁怡萌，劝解着，安慰着。

你别哭嘛，你听我说，你听我说，你……林中云不知道怎么说才好。

梁怡萌发疯似的还在厮打着林中云，你这个坏蛋，你这个流氓，你也太不是东西了，你怎么能这样呢？梁怡萌一迭声地说着。

梁怡萌说着，扯过旁边的衣服穿了起来，我现在就到公安局去告你，抓你这个臭流氓，我让你……

林中云也赶紧起来把衣服穿上，抱住梁怡萌，把梁怡萌推到了床上，你听我说嘛，我真的喜欢你，真的，我爱你。

我真是没有想到，平时你装成了正人君子，你也是一个狼一样的东西，你太坏了，你喜欢我，可我不喜欢你。

梁怡萌被气得说话的时候也有些语无伦次了。

林中云紧紧地抱住梁怡萌，为梁怡萌擦着泪，又吻着梁怡萌的脸。

梁怡萌使劲地挣脱着，抽出一只胳膊，狠狠地打了林中云一个耳光。

你这个坏蛋，我早怎么没看出来呀，你太坏了。

林中云捂着脸，你说我什么都行，对，我是一个坏蛋，可有一点是真的，我真的喜欢你，真的，萌萌，我会对你好的，我爱你……

宿舍里，几个人正在洗漱。

柳芳望了望梁怡萌的铺位，我说玉玉呀，你说这梁怡萌怎么到现在还不回来，别不是出什么事吧？

黄玉玉也望了望梁怡萌那张床，不会吧，平时她办事挺稳重的，再说了，她不是说市里有一个亲属吗？可能是怕回来晚路上有事，就住在了那里。

我也是这么想的，要不咱们给她打个电话吧，也放心。

行，柳芳望着林小雨，那你就快给打一个吧。

林小雨打开手机接通了梁怡萌的电话。

喂，梁怡萌吗？你怎么今天不回来呀？什么？住在你表叔家了，好，这回我们就放心了。

林小雨关掉电话，指着床下的几个人，你们看看，净是瞎操心，这回好了吧。

黄玉玉一边擦着脸一边说，没出事当然最好了，我就怕出现像常晓娥那样的事。

这才刚出几天呀，梁怡萌她也不傻，怎么能出那种事啊。

说得倒也是，没出事挺好的，行了，咱们安心睡觉吧。

梁怡萌还在大吵大闹着，非要现在就回到学校去不可。

林中云紧紧地搂着梁怡萌，我不是跟你说了吗，你让我怎么的都行，行，要不你现在就杀了我。

由于林中云抱得太紧了，梁怡萌无论如何也无法挣脱。

梁怡萌渐渐没有力气了，她回过头来望着林中云，你松开手，你松开手。

你得答应我，你不跑我才松开。林中云说得也很坚决。

你松吧，我不跑，我问你，钱教授的事你到底联系了没有？

林中云这回放心地笑了，看看，咱们还得商量见钱教授的事，你说你，现在都什么时代了，咱们有感情，这算啥事啊？

梁怡萌擦着眼泪，我告诉你，这件事不算完，如果你不能把我见钱教授的事办成，我就和你没完。

行，行，林中云连连点头，我一定办到，我一定办到，再说了，咱们俩都……你的事就是我的事，对，比我自己的事还重要，我无论如何也让你见到钱教授。

梁怡萌也渐渐地平静下来，她知道不管自己愿不愿意，不管自己多么后悔，现在不该发生的事情发生了。

梁怡萌又躺下来，她现在心里乱急了，她曾无数次设想自己将来该如何面对自己的男友，将如何面对那种神圣的时刻，她怎么也没有想到在这种场合和这样一个男人发生了这样的事情。

她表面上在流泪，可她觉得自己心里在流血，她无论如何不能接受这种事实，可她知道，现在的事情已经发生了，如果把林中云逼急了，那见钱教授的事情肯定也就黄了。虽然现在梁怡萌伤心极了，可有一点她心里非常清楚，那就是不管发生什么事情，自己考上一个好的艺术院校，这是最重要的，为了这个，她愿意舍弃一切。

林中云静静地望着梁怡萌，他知道面前的这个女孩终于属于他林中云了，可是这种感情能维持多久，他心里实在没有数。他知道自己现在这个条件，和这个白天鹅一样的姑娘在一起，时间肯定长不了。可是这一天他终于盼到了，不管是自己用如何卑鄙或者下流的手段实现了这一个目的，但毕竟达到目的。再说了，凭着梁怡萌现在的这个情况，她肯定不会和任何人讲，包括她的同学，更包括她的家里人。

林中云想到这里，多少有些放心了，他要想方设法，让梁怡萌属于他的时间更长一些。

当然没有别的办法，见钱教授这是一个最好的办法，只要有这个事情在，那林中云在梁怡萌面前还是有一定的分量的。

这便是林中云手里最重要的一个砝码，林中云在心里想，我必须要用好这个砝码，而且要放长线钓大鱼，如果我现在就把你领到了钱教授的面前，说不定以后咱们就没有再见面的机会了。

更何况，我怎么才能实现见钱教授的这个想法呀，我的老天呀，这可怎么办呀……

在旁边躺着的梁怡萌当然不知道林中云现在的思想活动，她还觉得林中云有能让她见上钱教授的那种能力，不管怎么说，自己付出了作为一个少女最宝贵的东西，为了在学艺的道路将来能自己实现自己的理想，这一点她也认了，可是……

梁怡萌想到这里，又有些迫不及待地追问着林中云，你快说呀，到底什么时候领我去见钱教授？

一大早梁怡萌就赶回了学校，虽然她尽量装得非常平静，可是一走进宿舍，细心的柳芳还是看出了梁怡萌和平时不一样了。

梁怡萌变得沉默了，就像是有很重的心事。

柳芳看在眼里，也不好多问，到了晚上，梁怡萌突然在睡梦中惊醒，又喊又叫的，旁边的柳芳把她摇醒之后，梁怡萌捂着被子哭了。

梁怡萌怕惊醒同宿舍别的人，用被角捂着嘴。

柳芳在旁边想劝几句，又不知道从什么地方说起。

梁怡萌走之后，林中云在悄悄地庆幸着，可还是有些不满足，他实现自己那个蓄谋已久的计划的时候，梁怡萌还在昏睡之中，他虽然也浑身非常激动，甚至有些颤抖，但那完全不是和杨小叶交往之中的那种急风暴雨、那种放松和自如。

林中云想象着梁怡萌知道此事之后的所有可能性，她以为梁怡萌会没完没了地和他闹和他哭，可没有想到梁怡萌那么快就平静下来，答案只有一个，那就是他答应将来钱教授可以和她见面，看来这个女孩真是想为艺术而献身了。

梁怡萌渐渐地想开了，她表面上也开始欢快起来，虽然内心还有些沉重。

她静静地想，像林中云这样的人，也并不是什么太坏的人，再说了，现在中学里也有很多人不是传说早已经不是处女了吗?按说这种事情也是早一天晚一天要发生的，只是在自己还没有思想准备的前提下，这一天来得太早了，而这个人是她有些感谢，但并不算是发自内心真爱的那个男人。

想起这个，梁怡萌的心里在隐隐作痛。

这件事无论如何不能让父母知道，从小到大家庭给梁怡萌的都是那种正规的传统教育，这个事如果让父母知道了，那……

梁怡萌不敢想下去。

梁怡萌还在想，这件事更不能让同班的同学知道，虽然大家都是学艺术的，想法都很开放，可是这种事情在这个班里还不曾有过，如果让大伙知道了，那大家怎么看她怎么议论她，还有学校，学校肯定也不能容忍这种事情。

现在看来不管是苦是难，所有的都必须由自己来承担了。

想到这里，梁怡萌突然觉得自己一夜之间长大了，由一个少女变成了一个青年，更确切一点儿说，是由一个女孩变成了一个女人。

她没有想到事情来得这么快、这么突然，虽然她在和林中云的交往中多多少少也隐约地能够感觉要发生什么事情，但是自己完全是被林中云那一次一次地要领她见这个老师那个教授的假象所迷惑了，而自己一心想实现艺术上的追求，林中云恰恰是利用了一点，自己虽然是付出了这么大的代价，真能像林中云所答应的那样，领她去见钱教授，在自己的艺术之路上又亮起一盏更大的灯吗？梁怡萌在心里问自己，她有些担心，就凭着林中云现在的那个条件，能不能办到这么大的事，梁怡萌开始有些怀疑了。

期末考试时，梁怡萌的专业课考得不好，连她自己都感觉到了，唱的那两首歌还不如平时上课时唱的，她自己当然知道这是什么原因，这几天虽然已经开始平静下来，但是学什么都觉得心里长草，神经有些恍惚，考文化课的时候虽然是强打精神，但也不如自己想象的发挥得好。从那之后林中云再也没有给她打过电话，只是给她手机每天都发来好几条信息，那短信也不知道是林中云自己写的，还是从什么地方转发过来的，都是关于爱情的，或者是安慰梁怡萌的，再就是表达他的道歉和忏悔的。

梁怡萌看着那些短信，心里怨恨的坚冰开始渐渐地融化了，开始想到林中云这么长时间对她的很多好处。

梁怡萌心理负担在渐渐减轻，她自己都感觉到自己变得轻松了，同时也成熟了，有的时候她一个人静静地想，林中云虽然事情做得有一些过了，或者是有一些见不得人，可是千错万错，林中云完全是出于爱她，爱一个人总不能算是错吧。再说了，自己也不小了，这方面也应该有一个思想准备。她回想起林中云每次看她时的那种目光，按说自己早就应该想到应该发生这种事情。梁怡萌从这个角度想的时候，她渐渐从心里理解和谅解了林中云。

有一个念头梁怡萌时刻没有放下，那就是林中云答应的领她去见钱教授的事情，也不知道现在怎么样了。

梁怡萌鼓足了勇气打通了林中云的电话。

终于又接到梁怡萌的电话了，林中云欣喜若狂。

自从梁怡萌走之后，林中云甚至想到了梁怡萌从此不会再回来了，甚至把事情想得更严重一些，那就是梁怡萌向有关的人告发了他，那么等待他的将是一场非常悲惨的后果。

林中云每一天都在这样煎熬着、等待着，他没有想到梁怡萌主动给他打来了电话。虽然梁怡萌在电话里还是强调让林中云赶紧联系钱教授的事情，可是方才那语气当中已经没有了离开他这里时的那种怨恨和气愤。

林中云想梁怡萌很快就会回到他这里，他满心欢喜地跑到超市把床上的用品全都换了一遍，又买了桌子和椅子，把屋子里简单地布置起来，边布置边想，不管怎么说，这间破屋子总算能看出一点儿过日子的意思了。

当梁怡萌走进这间小屋的时候，虽然还是冷着脸，可是林中云能够看得出，真正的急风暴雨的愤怒早就过去了。

梁怡萌的话不多，林中云尽量献着殷勤，为梁怡萌拿这拿那端茶倒水。

梁怡萌说自己的期末考试没有考好，都怨林中云搅乱了她的生活和情绪。

林中云对梁怡萌更是百般抚爱，抱着梁怡萌轻轻地抚摸着亲吻着。

梁怡萌没有拒绝林中云的抚爱，当天晚上留在林中云的小屋里。

这是梁怡萌有生以来第一次感觉到这种事情如此美妙。

林中云更是施展了他作为一个男人的所有的本事，他能感觉到梁怡萌从心里对他的原谅，在原谅基础上对他的回应。

当林中云进入到梁怡萌身体的时候，梁怡萌感觉到了一种从未有过的愉悦，渐渐地，她发出幸福的呻吟……

林中云想延长这种幸福，他在心里暗暗地下着决心，他要用自己全部的努力，实现梁怡萌心里所想的目标。不管梁怡萌将来达到目的的时候，还能不能记得曾经有过一位像林中云这样的人帮助过她，可是对这件事情，他林中云应该做得无怨无悔，这样才能对得起这个天真无邪的女孩。

梁怡萌再次回到学校的时候，宿舍里的人都在收拾东西，都准备这两天离开学校。

父母也曾打来电话询问梁怡萌什么时候回去，梁怡萌推说期末考试的成绩单还没有下来，可能还要再等几天。

梁怡萌在想，等成绩单发下来之后，她还要在北京多留几天，让林中云再想想办法，能不能抓紧见到钱教授。

成绩单发下来之后，让梁怡萌感到幸运的是，虽然文化课那么多科都没有考好，但是都勉强过关了，最起码不用补考了，不用像林小雨等人那样，假期得不到休息，还要复习准备开学的时候进行补考。

林中云又把屋子收拾了一番，等梁怡萌拿着两个大包走进来的时候，脸上终于有了一些喜色。

林中云向梁怡萌耐心地解释着，说钱教授期末的时候太忙了，不仅要准备组织研究生的考试，还要辅导一个出国演出团体，所以这学期肯定见不到钱教授了，只好等到下学期再说了。

梁怡萌听着林中云的解释，便无奈地点头答应着。

望着梁怡萌的表情，林中云心里自然是高兴万分。

林中云想，不管怎么说，面前的这个女孩能和他共度几天美好的时光了，至于从这之后是什么样子，那也只能走一步说一步了。

林中云想，自己现在的这个条件，还无法保证他和梁怡萌能走多远。

梁怡萌也没有过多想，她只是想在这个小屋里和林中云两个人延续那曾经有过的快乐和幸福，只要几天时间，就足够了。

在这间小屋里，两个人开始无拘无束地快乐着、幸福着。

这几天林中云快乐得像个孩子，时时刻刻围在梁怡萌的身边。

两个人除了吃饭，始终在热烈地交谈着、抚爱着。

这中间林中云出去一次，为梁怡萌买好了火车票。

拿着那张火车票，梁怡萌心里却突然产生一丝对林中云的不舍。

林中云当然看出了梁怡萌表情中的细微变化，便轻声地安慰着梁怡萌，让她下学期开学的时候再早点儿回来。

梁怡萌没有说什么，但是在林中云看来，梁怡萌在心里已经答应他了。

三天之后，林中云把梁怡萌送到火车站，把梁怡萌拿的东西放在行李架上，又把梁怡萌安顿在座位上，在耳边轻轻地嘱咐了几句，又在梁怡萌的脸上轻轻地吻了一下。

梁怡萌主动地拥抱了一下林中云。

火车没有开动之前，林中云在车下不断地向梁怡萌挥着手，梁怡萌在车上凝视着林中云。

在这一刻，梁怡萌的眼泪流了下来，这倒不完全是为了林中云，而是想起了自己来到北京为了学习艺术，这一年多所遭遇的种种事情，她心里有些发苦发酸，而这些委屈又不能向自己的父母诉说，更不能向同学们流露，她只能把委屈和愤怒偷偷地藏在心里。火车开动的那一刻，她望着站台上林中云的身影，在心里悄悄地劝着自己。

十

梁怡萌回到家里的时候，细心的董玉敏也感觉到了女儿的变化。

她感觉梁怡萌不像以前话那么多了。她把这个想法告诉丈夫的时候，梁然说，可能是孩子学习压力太大，她不是说了吗，期末文化课考得不理想，知道上火了，这也是好事。

整个假期里，梁怡萌很少说话，除了看书看电视，有的时候出去走一走，会一会同学什么的。

虽然从梁怡萌走之后，在站台和火车上分别的情景让林中云有些放心，可是当火车开动之后，林中云的心又悬到了半空。林中云想梁怡萌毕竟年龄太小了，经历了这种事情之后，她回到家里，面对父母的时候，能不能把这种事情说出来，而如果说出来了，那他将面临着什么。

从火车站回来之后，林中云回到自己的小屋里，顿时觉得这个小屋里空了很多。

他坐在床上静静地想着两个人相亲相爱时的情景。

他依然担心这个假期梁怡萌在家里会把那件事情说出去，现在听到梁怡萌要回北京的消息，他突然放心了，也更加高兴了，他断定这个假期梁怡萌没有把任何事情告诉家里人，从梁怡萌给他发的短信中可以看出来，梁怡萌已经原谅他了，甚至从心里已经渐渐地爱上他了。

没有了怨恨，而取而代之的是对他林中云的爱，这么短的时间，林中云觉得自己太幸运了。

林中云又把自己的屋子收拾了一番，满意地坐在那里观望着、等待着。

过完春节之后，梁怡萌便张罗着要赶回学校。

母亲董玉敏有些不解，就同丈夫丈商量，这孩子是怎么了，这才在家里待几天呀。

梁然倒是不以为然，说，这次期末考试没有考好，孩子肯定上火了，这不是要早点儿赶回去补一补课吗？再说了，你能把孩子留在家里一辈子呀，早晚她还不得飞出去吗？现在也是让她锻炼的时候，早点儿回去也好，你没看她在家里总是心长草一样吗？看书也看不下去，早点儿回去也行。

梁怡萌临走的时候，梁然本想把她送到北京，可是梁怡萌说不用了，自己都多大了，这趟车又都是白天，那边又有同学接站，一点儿事都不会有的。听女儿这么说，梁然非常高兴，他觉得孩子真的长大了。

坐到火车上，听着火车的鸣叫声，梁怡萌才觉得自己回到学校是有些太早了，可是没有办法，这些天她都在心里悄悄地盼望着这一天。

梁怡萌自己也搞不清楚这是为什么，她甚至说服不了自己。

梁怡萌在夜里常常梦见林中云，而多数时候都是两个人幸福而甜蜜的情景。

拿起书本常常能想起林中云，而自己知道这是为什么，她想说服自己，能静下心来好好地看看书，尤其是补一下英语。在这方面虽然自己的基础还可以，可两年之后，将面对的是更加严峻的考验，听说英语的要求越来越高了，自己到时候能不能过去这一关，现在还是未知数。可是平时每天能记几十个单词的她，现在一天连十个八个的都记不住。

梁怡萌在心里又有些怨恨林中云了，如果不是你，我能是这样吗？

慢慢地梁怡萌又想开了，事情也就是这样，不管怎么说，林中云对自己还是不错的。再说了，他不是答应这个学期就能让自己见到钱教授吗？

现在在想起这个念头的时候，连梁怡萌自己都觉得不如以前那么强烈，现在她想见到林中云甚至超过了想见到钱教授。

一路上梁怡萌就这么不停地想着，她知道林中云会早早地等在火车站接她。

当火车徐徐地开进火车站的时候，梁怡萌从车窗就看见了站在站台上的林中云。

梁怡萌走下火车的时候，四目相望，短短的几秒钟好像是交流了很多内容，两个人紧紧地拥抱着、亲吻着，就像只有两个人在场，这样旁若无人地亲热着。

回到那间小屋里，让梁怡萌感到有些吃惊，屋里的东西又增添了几样，小屋里布置得很浪漫、很温馨。

两个人久久地拥抱着，就像分别了很久。

林中云在梁怡萌的耳边小声地说，你知道吗，我天天梦见你呢。

梁怡萌不好意思地笑了，没有说话。

两个人晚上上街的时候，又在附近的小店里买了很多好吃好玩的。

看着林中云每次从衣袋里掏钱的时候，都让梁怡萌有一种特殊的感觉，她甚至不知道林中云这些钱是从哪儿来的，而林中云花这些钱的时候显得是那样慷慨而大方。

林中云自己当然知道，自从梁怡萌走后，他便下决心要在这个假期里踏踏实实地做一些事情，等梁怡萌再次回到北京的时候，他要给梁怡萌一个惊喜，最起码经济条件要有所改善，梁怡萌想吃什么想用什么，他都会尽力满足她不会太高的要求。

林中云在这个假期里同时兼任了三份家教，有的时候赶回小屋都晚上八九点钟，可他觉得很快乐很充实，他知道自己在为什么而奔波。

这一切梁怡萌当然不知道，林中云也没有向她提起一个字。

再一次回到小屋的时候，梁怡萌静静地望着林中云。

我刚看出来，你怎么有些瘦了？梁怡萌关切地问。

林中云笑着摸了摸脸，瘦点儿好，瘦点儿精神，再说了，你走这么些天，我想你呀。林中云真诚地说。

去你的，你别净说得好听。梁怡萌指着林中云的脑门，收起你那一套吧，你我还不知道。我问你，最近你和钱教授、张老师他们联系过了吗？

林中云摊开双手，你看看你急的，你过假期，人家老师就不过假期呀？我跟你说吧，钱教授领着一家人到南方旅游去了，得到三月才能回来，你就耐心地再等着吧。

你就支我吧，就这么一天一天地推，我看你什么时候能推到头。

林中云指天发誓地说，你看你说的，我这怎么是推你呀，人家老师真不在家。再说了，你也得赶紧练练歌呀，要不等钱教授回来了，你去给人家唱，如果人家不满意，那还不如不见。

你还说呢，都怨你，我这些日子什么都不想……梁怡萌很忧伤地说下去，我自己感觉自己唱得都不如以前了，都是你把我影响的。

林中云嬉皮笑脸地又过来搂住梁怡萌。

梁怡萌使劲地推开林中云，你说你，对我影响多大呀，期末的文化课考得不好，现在我的专业课也退步了。

是，都怨我，你惩罚我吧。林中云又往梁怡萌身边靠了靠。

离开学还有好几天，梁怡萌就接到林小雨的电话。

林小雨在电话里说她已经回到了学校，因为有两科要在开学的时候补考，所以她着急回来要补习一下，如果梁怡萌能够提前回学校帮她补习补习就更好了。

梁怡萌没有说自己已经回到了北京，说可以考虑考虑，争取提前回去几天帮助林小雨。

林小雨在电话里感谢着，说梁怡萌真够意思。

放下电话，梁怡萌望着林中云，我要回学校了，我的一个同学提前回来了，让我帮她过补考的那一关。

那怎么行，你走了，我怎么办？林中云搂着梁怡萌说。

你一个大男人，真是没出息。再说了，我早晚还不得回学校上学吗？梁怡萌使劲地推开林中云。

林中云望着梁怡萌，那也等开学呀，她补考关你什么事啊？

梁怡萌有些恼怒地望着林中云，她不是我的同学吗，不是我的朋友吗？你说你这个人，怎么这么自私呀？我怎么早没看出来你是这样的人？

林中云自知有些失言了，便赶紧解释着，我这不是舍不得你吗？就说错了话，真是对不起，行，我同意你提前回去，要不我送你回学校吧，你看看你还拿了这么多东西。

梁怡萌望着林中云，如果你送我回学校，见了我的同学，我怎么介绍你呀？

怎么都行，你说我是你的表哥，或者是从街上雇来的一个扛行李的力工，或者是……

看林中云这么认真地说着，梁怡萌乐了，你看看你，一点儿正经的都没有。

提前三天回到了学校，教室里只有林小雨一个人在看书。

两个人相见的时候，自然是又喊又叫的，拍拍打打之后，林小雨才发现身边站着的林中云。

这是谁呀？萌萌，这是你的男朋友吧？真是个小帅哥呀。

什么呀，别瞎说，这是我的表哥。梁怡萌赶紧解释着。

林中云很大度地说，我听萌萌说了，你们是好朋友，所以她提前回来……这样吧，我请你们俩吃饭，吃完饭我还要赶回市里上班呢。

林小雨很热情地答应着，行，我和萌萌最愿意吃肯德基了，你就请我们俩吃肯德基吧。

林中云打了一个响指，没问题，咱们现在就去。

在肯德基餐厅里，三个人热烈地吃着谈着说笑着。

吃东西的时候，林小雨把自己在假期里的事情告诉了梁怡萌。

你知道吗，我爸都说了，他现在就给我准备好了上大学的钱。林小雨一边说着，一边比比画画的。

我可比不上你，我两年之后上大学，唉。梁怡萌叹着气，望了一眼林中云，到时候我能不能上去还两说着呢，我怎么能和你相比呀。

林小雨拍拍梁怡萌的一只手，萌萌，你放心，如果你到时候缺钱的话，跟我说一声，我老爸有的是钱，多卖一套房子什么都有了。

那怎么行，钱再多也是你老爸的，我怎么能……

林小雨望着梁怡萌，你看你，咱们是什么关系呀，你还客气什么，就这么说定了。你说呢，我说这位表哥？

林中云看着爽爽快快的林小雨，倒是真有些喜欢这个开朗的小姑娘，便连连点头，对，对，你说得对，朋友嘛，就应该互相帮助。

在送林中云到公共汽车站的时候，梁怡萌站在车下依然有些恋恋不舍的。

林中云在车上用手比画着打电话的姿势，便大声地喊，过两天你就回来，我在家等你。

梁怡萌站在车下，当然知道林中云说的那个家是哪里，是什么意思了。

梁怡萌站在车下故意瞪了林中云一眼。

车上的林中云向梁怡萌做了一个鬼脸。

汽车渐渐开远了，梁怡萌的泪水涌出了眼眶。

回到学校之后，梁怡萌和林小雨在教室里看着书讨论着书中的问题。

萌萌，我发现一个问题。

梁怡萌望着林小雨，你又发现什么问题了，一惊一乍的，瞧你。

你这次回来有些不一样了。林小雨很肯定地说，我觉得你变了。

梁怡萌脸一红，我哪变了？我变什么了？别瞎说。

林小雨说得十分肯定，我看人保证没错，你变得稳重了，成熟了，从你的眼睛里可以看出很多内容来，不像以前一眼就能看到底。

算了吧，你别瞎说了，赶紧看你的书吧。梁怡萌故意掩饰着，如果你再考不好，我可告诉你，拿不到毕业证，到时候不让你考大学。

好，好，我看书。对了，语文那几道题你得帮我整一整，我真是搞不明白，那冯老师不知道是怎么讲的，他不讲倒好一点儿，越讲我越糊涂了。林小雨一边说着，一边指着那本语文书。

梁怡萌拿过书，指点着林小雨，你呀，就是心不在焉的，这回好了吧，来，我帮你看看……

梁怡萌是咬着牙度过了开学后的几天，虽然考试的科目都勉强地通过了，可是班主任老师还是点了她，说上个学期后半段的学习她已经松懈了，如果这个学期再要不抓紧的话，文化课就要滑坡了。

梁怡萌心早不在这里了，她表面上望着班主任冯海涛，可心思早就飞远了。

回到班里，梁怡萌看见大伙都在那里学习，便有些不像以前那样了，拿起书本也看不进去，心里在长草。

林中云已经和她约好，在上课的时间不给她打电话，她把她手机调成了振动，有的时候两个人就在悄悄发着短信，前面老师在讲什么，很多时候梁怡萌都是没有听见的。

等她再来到林中云住处的时候，这回梁怡萌比以前表现得主动热情多了。

林中云当然很高兴。

两个人就这样常常成双入对地出入那个半地下室的小屋。

林中云白天出去到这个摄制组或者那个电视剧组当一些群众演员，或者演一些跑龙套的角色，把钱攒起来，就等着周末的时候梁怡萌过来。

梁怡萌这些日子虽然感觉到林中云对她不错，可是还是对能够见到钱教授的事情寄托着很大的希望，一次一次地催着林中云，可是林中云总是找出各种理由搪塞着。

这让梁怡萌陷入了很深的矛盾之中，两个人的感情在加深，可是她也看得出来，林中云并不是不想帮这个忙，可能是由于别的原因，现在钱教授的事情恐怕暂时还不能办成。

吃早饭的时候，梁怡萌突然感到一阵恶心，把面包推到了旁边。

怎么了你？林中云过来关切地问。

梁怡萌皱着眉头望着那面包和牛奶，就是不想吃，想吐。

什么？你这是……

我也不知道怎么回事。梁怡萌两眼茫然地望着林中云。

林中云盯着梁怡萌，你别不是……你别不是怀孕了吧？

什么，你不是说你吃药了吗，这怎么办呀？梁怡萌听到这个消息，眼泪都快下来了。

你别急，我也是瞎猜嘛，也不一定。林中云尽量安慰着梁怡萌，等一会儿，你再试一试，不行咱们去医院检查一下。

梁怡萌恼怒地站起身来，你可把我坑死了，如果要真那样的，我告诉你，我就杀了你。

林中云走过来搂住梁怡萌，别着急，也别害怕，一会儿去检查一下不就全知道了吗?

梁然和妻子董玉敏这些日子一直很忙。

可他们俩觉得非常充实，每天上班，回来就备课，然后再给学生讲课，可他们一空下来的时候，想的最多的还是在北京学习的女儿。

他们两个商量着，这些日子找一个时间去看看梁怡萌，可是两个人工作单位都不好请假。

要不你和你们的学校说一说，这几次都是我去北京，我们单位的领导对我都不满意了。梁然望着妻子。

要不我和别的老师串一下课，再赶上一个周末，顺利的话回来还不会耽误课呢。董玉敏点点头，这次我就去吧。

这时电话响了，梁然一看电话号码，看看，说她，她就来电话了。

梁然拿起电话，听着电话里的哭喊声。

梁然吃惊地对着电话大声地喊着，什么?你说什么?别哭，你慢慢说。

电话里的梁怡萌已经泣不成声了，爸，你快把电话给我妈，我……我要跟她说。

董玉敏拿过电话，劝解着梁怡萌。

梁怡萌在电话里一边哭一边喊着，你们俩快来吧，我……我都不想活了，如果你们不来，我就……

董玉敏脸已经吓白了，语无伦次地安慰着女儿，你别怕，你听着，我们马上就去，你千万不要出什么事，我们马上就过去。

董玉敏放下电话，你还看我干什么呀？赶紧收拾东西，能赶上哪趟车就赶上哪趟车。

梁然站起身来，一边收拾东西一边说，也不知道出什么事了，你说这孩子，她也不说。

还能出什么事，肯定不是好事呗。董玉敏一边穿着衣服一边说。

梁怡萌坐在马路旁边哭着，林中云站在旁边劝解。

林中云劝着梁怡萌，你别害怕，这种事情也很正常，你说你，给你爸你妈打什么电话呀，咱们到医院去做了不就行了吗？

梁怡萌忽地站起身来，伸出手打了林中云一个耳光，你说得倒轻巧，我……我可不敢去，都怨你，你这个臭流氓。

两个人在路边就这么撕扯着，旁边的路人都以惊奇的目光望着他俩。

林中云紧紧地拉住梁怡萌，快，咱们别在这儿吵了，还是回去吧。

我不跟你回去，我爸我妈要过来了，我要等他们。

梁怡萌站在那里不动。

你就是等他们，他们也得好几个小时才能到呀，走吧，林中云耐心地劝着梁怡萌，到咱们家里去等不是一样吗？再说了，你这身体……

你赶快给我滚，我现在不想看到你，你赶快从这个地球上给我消失。梁怡萌越说越气愤。

林中云摊开双手，你现在怎么骂我都行，可是我不能把你一个人留在这里，如果你不回去，我就站在这里陪你。

梁怡萌瞪了林中云一眼，没有说话，气呼呼地站在那里。

尽管是一趟特快列车，但是梁然和董玉敏依然觉得这火车开得太慢了，不时地向窗外眺望着。

从两个人焦急的表情中可以看出，他们现在心急如焚。

梁然不停地看着手表，快了，快了，马上就到了。

董玉敏望了望丈夫，你光知道快了，赶紧给女儿打个电话呀，她现在在什么地方呀？

梁然这才把手机拿出来，拨通了梁怡萌的电话，对着电话说了一通之后，把手机关掉望着妻子，她说咱们下车直接到西直门地铁站门口，她在那里等咱们。

什么，她怎么不在学校呀？

梁然说，她说那地铁站旁边有一个旅馆，还算便宜，咱们可以先住在那里。

当火车开进北京站的时候，站台的人互相拥挤着。

董玉敏和梁然两个人拉着手顺着拥挤的人流走出车站坐上出租车。

从地铁站出来之后，董玉敏一眼就看见了站在车站门口的满是泪痕的女儿，便猛扑过去。

梁怡萌看见母亲来了，便一头扎到董玉敏的怀中大哭起来。

别哭，告诉妈妈，到底出了什么事。董玉敏抚摸着女儿的头。

梁然也气喘吁吁地拎着包跑了上来。

梁怡萌还在哭，一边哭一边摇着头，就是不说话。

你说说你这孩子，到底出了什么事啊，你急死人了，你倒是快说呀！董玉敏一连串地追问着。

梁然也走过来急切地问着，到底是什么事？我们这不是来了吗，你说说你，我们俩都没有来得及请假，就赶紧买了车票上了车。

梁怡萌终于止住了哭声，回身指了指林中云，你问他吧。

这时，梁然和董玉敏才看清了梁怡萌身边站着的这个小伙子。

梁然盯着林中云，到底是怎么回事，你快说吧。

叔叔、阿姨，咱们还是回去说吧。林中云说着，接过梁然手里的包。

几个人走出地铁车站，坐上一辆出租车。

几个人来到林中云住的那个半地下室的屋子里。

这是什么地方啊？这是谁住的地方啊？还没等进屋，董玉敏就惊奇地发问。

进去不就知道了吗？梁然不冷不热地说，其实这时他已经猜出了八九分，回过头来望了望女儿，这时梁怡萌低着头。

几个人走进屋里之后，梁然四周望了望，这是你住的地方吧？你到底是什么人？你和我女儿是什么关系？

叔叔，你听我说，我叫林中云，在一个音像公司工作，我和萌萌……是朋友，林中云有些胆怯地说。

董玉敏吃惊地望着林中云，又望了望女儿，什么，你们交了朋友，这是怎么回事呀？萌萌，这是什么时候的事呀？你怎么从来没说过呀？

梁怡萌小声地对父母说，时间不长，是上个学期，我们认识也不久，这是他的住处，我……

梁然盯着林中云，你到底是干什么的？还有，你把你的单位告诉我，我现在就去找你们单位的领导。

叔叔，我……林中云不知道怎么说，以求援的目光望着梁怡萌。

梁怡萌望了望父母，走吧，我领你们去先住下，我和你们慢慢说。

林中云想把几个人送出来，可是被梁然拒绝了，好了，这里我熟，在北京我还丢不了，你先在这里吧，我会来找你的。

一家三口人在地铁门口的一个旅店里住下来。

几个人走进房间，梁然很威严地坐到了女儿的对面，你这回该说了吧，你到底和那小子怎么回事，你们俩现在到什么程度了？

梁怡萌一边擦着眼泪，一边往母亲身边坐了坐，妈，我……我只想告诉你一个人。

董玉敏望了望丈夫，又望了望女儿，行吧，你到外面给我们俩买点儿吃的，我和萌萌先说说话。

梁然无奈地望了望母女俩，叹了一口气，走出门去。

梁然走到一个食杂店，买了一些东西，又看了看手表，觉得时间还早，就在路边买了一份报纸在那里翻看着。

梁然走了之后，梁怡萌把和林中云相处相爱的经过向母亲诉说了一遍。

董玉敏终于明白了，终于明白了自己的女儿发生了什么样的事情。

你说说你这孩子，从小到大都这么懂事，现在却出了这种事情，如果你爸知道了，你看他怎么收拾你。董玉敏生气地望着女儿。

我也不知道会是那样，那次他在饮料里放了东西，我……再就是，你说咱们家谁都不认识，他说他认识钱教授，还让我爸把钱寄来，可是这么些日子他……

你先别说钱教授铁教授的了，还是先说说你的事吧，你说说你，现在怀孕了，这可怎么上学呀？董玉敏焦急地问女儿。

他让我打掉，可是我害怕。梁怡萌乞求地望着母亲。

这时梁然拎着东西从外面走进来。

从母女俩的表情中梁然已经猜到发生的事情。

你先在屋里一个人待一会儿，我和你爸出去一下。

董玉敏一边说着一边拉着梁然的胳膊往外走。

走到外面，董玉敏把事情告诉了丈夫。

什么，出现这种事情，你说说这萌萌，她咋这么浑呀？还有，方才我一看见那小子，他就不是个东西，我现在就去收拾他。

董玉敏拉住丈夫，咱们还是商量商量女儿的事情怎么办吧，还有，她和那小伙子已经处到了这种程度，如果不出大格的话，等咱们姑娘学业完了，看看能不能……

什么？不行，根本不可能和那样的人，我看出来了，那小子不地道。再说了，现在骗子这么多，他不一定是干什么的呢，还吹牛自己是什么公司的，搞什么音像的。咱们的女儿还是太年轻、太天真了，肯定是上当了。

一看丈夫说得很肯定，董玉敏也顿时没了主意，那也得赶紧解决女儿的事情呀，要不，咱们俩明天陪她去医院，等办完之后，你再去了解一下那个姓林的小伙子。

梁然有些无奈地叹了一口气，那也只能是这样了。

一家三口人从医院里走出来，梁然对母女俩说，你们俩先回住处，我去了解一下那个姓林的情况。

昨天晚上，梁怡萌把林中云在地铁站给他的那张名片交给了父亲，梁然看着那张名片上写着林中云在一个音像公司当什么经理，可是按名片把电话打过去，里面的提示音说的是，根本没有这个电话，他现在要的就是按这个地址去找那个所谓的音像公司。

梁然打车到了那个地址之后，查了好几遍门牌号，一看名片上标的那条路那个门牌号正是一个公共厕所。

梁然当时气得火冒三丈，又打车赶到了北方音乐学院，通过一个熟人找到了一个音乐学院的老师打听了情况。

当梁然怒气匆匆地回到住处之后，一看梁然的脸色，董玉敏和梁怡萌便明白了。

你说说你，怎么什么人都相信呀？梁然气呼呼地指着女儿，我不跟你说了多少遍了吗？出门的时候不要和陌生人说话，可你倒好，那是一个典型的骗子，你知道他那名片上印的他那个公司是什么地方吗？是一个公共厕所。还有，那小子是在北方音乐学院进修了几天，可那根本不是进修，而是旁听了几次课，人家老师都说，他根本不是学音乐的那块料，后来他也拿不出钱来了，被人家学校给撵了出来。哼，就他那样的能接触到钱教授，做梦去吧！

梁怡萌听了梁然的这番话，又忍不住地哭了起来。

唉，这回你知道吃亏了吧？也该让你吃吃亏了，你怎么就是这样呢，我不告诉你了吗，上课的时候，一定要和同学结伴而行，可你倒好……

董玉敏心疼地安慰着女儿，我说你就少说两句吧，孩子都这样了，又刚刚做完手术……

好吧，我先给你们老师打个电话，请一周或者两周的假，然后你回学校赶紧给我好好地学，其他的事你不用管了。

梁然气呼呼地说着，做出了最后的决定。

董玉敏望着丈夫，那，那个姓林的……

这个你就不用管了，我会找他算账的。

你可别惹出什么事啊，如果那样的话，咱们可就……

你就放心吧，我也不傻，我知道怎么办。好了，你在这里陪她，我去办完就回来。

梁然说完，转头走出房间。

林中云早就变成了热锅上的蚂蚁，在那间小屋子里团团转。

林中云知道这次大祸临头了，用欺骗的手段占有了梁怡萌，现在还把人家小姑娘肚子搞大了，而自己的能耐究竟有多大，自己是最清楚的。看到梁然和董玉敏的到来，林中云的第一个念头那就是想跑，想逃离这个是非之地，可是转眼又一想，他还有些舍不得梁怡萌，不知道和梁怡萌还有没有未来，如果这一跑的话，那就彻底完了；如果不跑，那就应该是什么样的结果呢，他一时想不清楚。

他就在那里犹豫着，从昨天到现在，他什么也没吃没喝，晚上顶多睡了两个小时，这两个小时中也被噩梦惊醒。

太阳一出来，他就在推测着那一家人现在在干什么，一步一步地想，现在应该是什么样子，可是他没有想到梁然不仅按照他名片的地址去找了那个所谓的公司，而且到了他吹嘘的曾经进修过的那个北方音乐学院去打听了。如果他能知道梁然这么做了，他就会毫不犹豫地逃离这个是非之地，可林中云没有想到，他依然以一个音像公司的营销部经理的身份在这间小屋子里等待梁家人的回来。

他甚至美滋滋地想，事情已经这样了，那么如果你梁家人是开事的话，现在是学习期间可以不相干扰，等将来或许……

林中云正在这里想着，房门被梁然一脚踢开。

梁然怒视着林中云，你原来是一个骗子，我都了解了，你居然骗到了我女儿的头上，你胆子也太大了，走！

什么，你说我是骗子，凭什么？林中云有些无赖地望着梁然。

梁然走过去揪住林中云的衣领，走，咱们到外面去，我要好好地跟你说一说。

梁然的力气太大，林中云只好跟着梁然走出那个半地下室。

两个人站在路边，梁然满脸怒气地望着林中云，你说说吧，我现在就想把你送到公安局去。

梁先生，你这么干，凭什么呀？还有，你女儿和我交朋友，她是自愿的，我又没有犯法。林中云知道事情已经很严重了，可是他在梁然的面前，已经没有退路了，只好耍起了赖皮。

好，算你小子有种，那走，咱们到那边去。梁然说着，指了指两条路中间的一大片绿地。

怎么，到那里你又能把我怎么样？你如果是有能耐的话，还是回去管管你的女儿吧。

梁然拉住林中云的胳膊，我会管的，现在我要管管你，我要让你长长记性，以后再也不敢骗别人了。

林中云使劲地想甩掉梁然的那只手，可是梁然的劲很大，只好跟着梁然来到了那块草坪上。

梁然怒视着林中云，我看你年龄也不大，你怎么不学好呀？还有，我不是警察，不是公安局的，我也不是法院的，可是我是萌萌的父亲，我现在就以一个父亲的名义教训教训你，说完，梁然的拳头砸在了林中云的脸上。

林中云踉跄地退了几步跌倒在草坪上。

林中云没有想到，戴着眼镜文质彬彬的梁然居然出手把他打了，便忽地从草地上爬起来扑向梁然。

还没有等林中云扑上来，梁然飞起腿，以迅雷不及掩耳之势，把林中云踢倒在地。

这回踢得有些重了，林中云的脸上出了血，还想往起爬，接下来又被梁然踢了几脚。

林中云被踢得嗷嗷直叫，趴在那里。

梁然气愤地叉着腰站在那里，指着林中云，你这个臭无赖，原来我真不知道我自己练这个跆拳道是干什么用的，现在有答案了，是专门等着教训你这样的人的。

林中云这回明白了，原来站在他面前的这个梁然练过跆拳道，看来再反抗完全是徒劳了，林中云擦了一把脸上的血，勉强地爬起身来。那好吧，你骂也骂了，打也打了，千错万错都是我的错，你把我打成这样，我也不跟你计较，我也不报案了，这回你心里总算平衡了吧？

我平衡，你做梦去吧。梁然说着，又是狠狠地一拳。

林中云扑通一声跌倒在地，再也爬不起来了。

梁然大步走到路上，回过头来指着林中云，你愿意告你就去告，我等着你。

半个月之后，梁怡萌回到了学校，可班里所有的人都发觉梁怡萌变了，彻底地变了，倒不是表面的变化，而是她内心的变化，虽然大家都不说，但是所有的人都感觉到了这一点。

梁怡萌走在校园的时候，她觉得好像同以前不一样了。平时天天上课时都要路过的这片丁香树，前些天还显得憔悴凋零，现在好像是一夜之间忘记了那场寒流给它带来的洗劫，又开始生机勃勃了。

图书在版编目(CIP)数据

不该跟你走 / 流岚著. — 北京 ：中国文史出版社，2018.1

（跨度长篇小说文库）

ISBN 978 -7 -5034 -9324 -9

Ⅰ. ①不… Ⅱ. ①流… Ⅲ. ①长篇小说 - 中国 - 当代 Ⅳ. ①I247.5

中国版本图书馆 CIP 数据核字(2017)第 144770 号

责任编辑：马合省　卢祥秋

出版发行：**中国文史出版社**
网　　址：http://www. chinawenshi. net
社　　址：北京市西城区太平桥大街 23 号　邮编：100811
电　　话：010 -66173572　66168268　66192736（发行部）
传　　真：010 -66192703
印　　装：北京盛彩捷印刷有限公司
经　　销：全国新华书店
开　　本：720 × 1020　1/16
印　　张：10.5　　　字数：118 千字
版　　次：2018 年 1 月第 1 版
印　　次：2018 年 1 月第 1 次印刷
定　　价：39.80 元